KB075175

당장 사랑을
멈춰주세요,
제발

당장사랑을
멈춰주세요,
제발

김솔
소설집

청색종이

당장 사랑을 멈춰주세요, 제발

김솔 소설집

당장 사랑을 멈춰주세요, 제발

루시의 어머니는 18살이 되던 크리스마스 모임에 참석했다가 자신의 혈통을 따라 흐르고 있는 가족력에 대해 우연히 전해 들은 뒤부터 자신은 평생 결혼과 출산을 멀리하겠다고 맹세했다. 그래서 수녀가 될 결심을 하고 수도원의 기숙사에 들어갔으나 다음해 크리스마스 미사에서 만난 남자와 사랑에 빠지는 바람에 자신의 결심 중 하나를 버려야 했다. 즉 그 남자와 결혼을 하되 평생 아이를 낳지 않고 개나 고양이를 키우거나, 아시아 출신의 고아를 입양할 작정이었다. 남편은 이유를 묻지 않은 채 아내의 선택에 순순히 따랐다. 신혼 초기에 그들은 개와 고양이를 각각 한 마리씩 키웠다. 하지만 집 안을 날아다니는 동물들의 털 때문에 남편이 자신 몰래 병원을 다니면서 항히스타민 처방을 받고 있으며 갑작스런 쇼크에 대비하여 구급약까지 주머니에 늘 넣고 다닌다는 사실을 뒤늦게 알아차리게 되면서 아내는 개와 고양이를 친척에게 넘기지 않을 수 없었다. 애완용품을 모두 버리고 집 안을 완전히 소독한 다음 그들은 아시아에서 사내아이를 입양했으나, 태어날 때부터 영양 상태가 좋지 않았던 아이는 일 년 넘게 갖은 병치레를 하다가 두 살이 되기도 전에 숨지고 말았다. 아이의 주검은 연기와 재로 분리되어 모두의 생명 속에 골고루 스며들었다. 크게 상심한 아내를 데리고 국내외 관광지를 여행하면서 생의 기쁨을 회복시켜 줄 방법을 심각하게 고민하던 남편은 크리스마스의 흥분 속에서 자신의 계획을 은밀히 실천했다. 이 개월 뒤에 임신 사실을 확인한 아내는 남편의 따귀를 때리고 이빨로 팔을 깨물면서 결혼식에서의 언약을 깨뜨린 남편의 어리석음을 힐난했다. 남편은 아내의 반응에 어리둥절하다가, 아내의 가문에 저주처럼 드리워진 가족력에 대한 이야기를 처음으로 듣고 나서야 비로소 자신의 어리석음을 인정했다. 하지만 인간에게 일어나는 모든 사건은 실제로 눈앞에서 일어나기 전까지 결코 50퍼센트의 확률을 넘을 수 없는 법이다. 남편은 아내가 임신 사실을 하나님의 축복으로 받아들일 수 있도록 위로하고 설득했으나 그 역시 비극이 일어날 확률을 걱정하지 않을 수 없었기 때문에 무신론적 태도를 버린 채 아내를 따라 매주 일요일 아침 교회에 나가 파국의 운명에서 빠져 나갈 사다리를 갈원했다. 심지어 그는 비극의 제단에 희생양으로 바칠 수 있는 사람들의 이름까지 중얼거리기도 했다. 종교적 방법으로는 마음의 평화를 얻을 수 없었던 그들은 병원을 바꿔가면서 세 차례의 기형아 검사를 받았고 모든 곳에서 무결점 - 검사 과정이나 결과에 오류가 개입할 확률은 채 2퍼센트도 되지 않았다 - 을 확인하자 비로소 하나님의 은총에 감사하며 출산 준비에 집중할 수 있었다. 열 달 동안 이어진 사순절의 고행을 마치고 루시의 어머니는 가족과 친척의 기도 소리 속에서 마침내 루시를 출산했는데 자신의 딸이 정상적인 인간으로 태어나지 않았다는 사실을 한눈에 알아차리고 혼절하고 말았다. 축하의 자리는 순식간에 탄식과 절규로 채워졌고, 루시의 아버지는 방문객들을 쫓아내면서도 딸과 손녀의 비밀을 끝까지 지켜 달라고 신신당부했다. 그와 동시에 그는 하나님을 저주했고 그 즉시 배교자가 되어 죽을 때까지 성경의 모든 문구를 부정했다. 루시의 어머니는 사흘 만에 겨우 심신을 추스르고 자리에서 일어나 딸에게 젖을 먹였다. 퇴원하자마자 루시의 부모는 병원을 상대로 법적 소송을 시작했다. 병원 측은 현재까지 개발되어 있는 최고 수준의 기형아 검사 방법을 적용하고 판정과 고지의 절차를 정확히 준수했기 때문에 환자의 비극을 책임져야 할 법적 근거는 전혀 없으며, 신의 시샘까지 통제하지 못했다는 이유로 처벌을 받게 된다면 의료계에 몸담고 있는 선구자들은 결코 새로운 아이디어와 기술을 발전시킬 수 없다는 논리를 폈다. 동정의 여론을 등에 업은 원고 측 주장에 방어적으로 대응하던 피고 측이 갑자기 전략을 바꾸어, 루시의 아버지가 젊어서 한때 히피족과 어울리면서 마리화나를 피우고 매독을 치료한 적이 있다는 사실을 밝혀내면서 원고 측의 공격력을 급격히 떨어뜨렸고, 결국 소송에서 승리하고 말았다. 그 이후 루시의 부모는 패배감과 무력감 속에서 술과 마약으로 여생을 탕진했고, 루시의 양육권마저 박탈당했다. 루시는 부모와의 왕래를 완전히 끊은 채 국가가 운영하는 보호시설을 전전하면서 고아들과 함께 자라났다. 열여섯의 나이가 되어 보호시설에서 쫓겨난 루시는 자신의 부모를 쓰러뜨린 병원을 상대로 법적 소송을 다시 진행했는데, 이는 그녀의 비극을 배경으로 유명해지려 했던 변호사들이 부추긴 결과였다. 그녀는 자신에겐 태어나지 않을 권리가 있었으나 병원 측이 이를 훼손했다고 주장한 끝에 재판에서 승소하여 거액의 배상금을 받아냈다. - '태어나지 않을 권리'라는 용어는 수년 전 프랑스 법정에서 처음 등장했으나, 세계 최초로 천부인권사상을 인정한 프랑스 법원은 프랑스인이 그런 권리를 가지고 태어날 수 없다고 판결했다. 하지만 루시가 태어난 국가는 이민자들에 의해 건립됐을 뿐만 아니라 전통적으로 프랑스에 적대적인 관계를 유지해 왔기 때문에 프랑스인이 타고나지 않은 권리까지 인정할 준비가 되어 있었다. - 그리고 선천적 장애를 지닌 채 태어난 아이의 부모가 술과 마약을 손쉽게 구매할 수 없도록 주정부가 적절한 예방 조치를 취하지 않았기 때문에 자신과 같은 장애자들이 생존을 크게 위협받았다며 소송을 제기했고 이 소송에서마저 승리하여 배상금을 추가했다. 루시는 주정부를 상대한 소송에서 승리한 최연소 시민이라는 명예까지 얻었다. 변호사에게 막대한 수수료를 지불하고도 루시는 평생 직업을 갖지 않은 채 오롯이 자신의 의지대로 삶을 살아갈 수 있을 만큼의 돈을 챙겼다. 그녀는 자신의 후손에게 더 이상 태어나지 않을 권리를 허락하지 않기 위해서라도 세상과 절연한 채 혼자 살았고 일주일에 한 번씩 마트에 들러 식료품과 생필품을 구입하는 일을 제외하곤 하루 종일 집 안에 머물렀다. 그녀의 소일거리라고는 독서와 정원 가꾸기가 전부였다.

하지만 어떤 인간의 삶도 자신의 순수한 의지대로 전개되지 않는다. 그 인간이 산꼭대기나 물속에 살고 있든, 지하 감옥이나 무인도에 갇혀 있든, 심지어 반쯤 죽은 채로 응급실에 누워 있다고 할지라도, 신은 그 또는 그녀의 운명을 바꿀 사건을 반드시 발명해낸다. 어쩌면 인간은 자신의 실패를 이해하기 위해 매 순간 신의 능력을 과장하는 것인지도 모르겠다. 장난기 많은 신이 루시의 운명을 바꾸기 위해 동원한 것은 말벌이었다. 그녀의 집 정원에서 자라고 있던 사과나무에 어느 봄날 오후부터 말벌들이 한두 마리씩 모여들더니 일주일 만에 멜론보다 다섯 배 정도 큰 벌집이 매달렸다. 루시는 그 시끄럽고 위험한 열매 때문에 더 이상 자신의 즐거운 일과를 시작할 수 없었다. ─ 그녀는 봄부터 가을까지 거의 하루도 빼놓지 않고 정원으로 나와 한나절 이상 사과나무를 돌봤고 맨손으로 꽃과 열매를 따서 차를 만들었으며 바닥에 떨어진 것들은 잼의 재료로 사용했다. 그리고 겨우내 그걸 먹으면서 추위와 고독을 견뎠다. ─ 평상시 남들의 도움 없이 혼자서 집안일을 처리해 온 그녀에게도 벌집을 없애는 일만큼은 초인적인 용기를 요구했다. 그렇다고 십여 년 넘게 혼자서 지켜왔던 자신의 사적 공간으로 외부인을 불러들이고 싶지 않아서 그녀는 발만 동동 굴린 채 말벌들이 집을 버리고 떠날 겨울이 되기만을 하염없이 기다렸다. ― 그녀는 부모가 물려준 호신용 권총 한 자루를 가지고 있었기 때문에, 이웃들이 모두 휴가를 떠나는 여름에 총으로 그 위험한 열매를 쏴서 떨어뜨릴 궁리를 하기도 했다. 하지만 이층 난간에 기대어서서 십여 미터 떨어져 있는 목표를 정확히 맞추려면 천부적인 재능이 필요했다. 게다가 그해 여름 이상기후로 폭우가 쏟아지면서 이웃들은 휴가를 떠나지 않았다. ― 말벌의 방해로 꿀벌의 화분 활동마저 크게 위축되면서 예년보다 훨씬 적은 사과가 매달리자 루시는 말벌집과 함께 사과나무까지 불태우기로 작심하고, 죄책감을 조금이나마 덜어낼 목적으로 자신이 무신론자라는 사실도 잊은 채, 어머니가 남긴 성서의 몇 구절을 읽으면서 불씨를 가장 높게 피워 올릴 수 있는 시간을 기다렸다. 그녀가 기도를 멈추고 석유통과 라이터를 집어 들려는 순간, 한 남자가 그녀의 집 정원으로 불쑥 들어오는 게 아닌가. 그녀는 창문 옆에 숨어 침입자를 향해 권총을 겨누면서 그의 일거수일투족을 훔쳐보았다. 노숙자에게나 어울릴 듯 꾀죄죄한 몰골의 남자는 잠깐 동안 집 안을 기웃거리더니, 마치 그 집주인이 어떤 고민을 하고 있는지 이미 알고 있었던 것처럼 조금의 망설임도 없이 사과나무 쪽으로 다가가서 가죽점퍼를 벗어 말벌집을 뒤덮은 다음 맨손으로 그것을 나무에서 뜯어냈다. 그리고는 마치 뇌관을 향해 불씨가 타들어 가고 있는 폭탄인 양 그것을 품에 안은 채 집 밖으로 달려갔다. 그러자 정원은 다시 자연의 순리와 인간의 겸양이 공존하는 공간으로 바뀌었고 그 중심에는 여전히 사과나무 한 그루가 서 있었다. 그 뒤로 루시는 오랫동안 그 남자에 대한 소식을 듣지 못했다. 겨울의 추위와 고독을 견디기엔 턱없이 부족한 분량의 사과 열매가 매달려 있었기 때문에 정원에서 해야 할 일이 그리 많지 않았는데도 그녀는 평소보다 일찍 정원으로 나왔다가 평소보다 훨씬 늦게 집 안으로 들어갔으며, 사과나무를 돌보는 시간보다는 현관이나 담장 부근을 서성거리는 시간이 훨씬 길어졌다. 집 안에 들어간 뒤에도 어둠이 잠식한 정원에서 조그만 소리가 흘러나오기만 하면 전등을 켜고 밖을 오랫동안 내다보았으며 더 이상 권총을 찾진 않았다. 나중에 그녀는 그 남자가 어딘가에 숨어서 자신을 관찰하고 있을지도 모른다는 생각에 사로잡혀, 오랫동안 정원으로 나가지 않았다. 그러다가 어느 날 아침 정원을 내다보니, 사과나무는 마치 폭풍우를 통과한 것처럼 가지런히 비워져 있고 사과가 잔뜩 담긴 바구니 두 개가 현관 앞에 놓여 있었다. 그제야 루시는 그 남자에게 감사의 마음을 표현해야겠다고 마음먹었다. 그녀는 자신이 만든 잼과 차를 바구니에 담아 현관 앞에 놓아두고 간단한 편지도 남겼다. 그랬더니 다음날 저녁 누군가 현관문을 두드리는 게 아닌가. 루시는 저항할 수 없는 힘에 떠밀려 현관문을 열었고, 가죽점퍼의 남자가 안으로 들어오더니 문을 안에서 걸어 잠갔다. 그는 스무 살이었고 가족과 집이 없었으며 수년째 거리에서 겨울을 나고 있었다. 그 남자와 루시는 사과 잼과 차로 저녁 만찬을 즐긴 뒤 가죽점퍼를 함께 덮고 마룻바닥에 누워 말벌들처럼 버둥거리면서 몸 곳곳에 매달린 사랑의 열매를 수확했다. 그 뒤로 더 이상 추위와 고독은 집 안으로 들어오지 않았다. 루시는 남자의 제안에 따라 기독교도가 되어 교회에 나가기 시작했고 세례를 받자마자 그들은 루시의 집 정원에서 사과나무들을 하객으로 삼아 결혼식을 올렸다. 이웃들은 순수한 사랑이 만들어낸 기적을 진심으로 상찬했으며, 장애와 가난을 사랑으로 뛰어넘은 그들의 이야기는 각종 언론을 통해 전 지역으로 전송됐다. 남자는 지역 주민들이 거

의 모두 알아볼 수 있을 만큼 유명해졌는데도 거들먹거리
거나 다른 여자를 기웃거리지 않은 채 아내의 손을 잡고
마트나 식당을 드나들었으며 아내를 불편하게 만들 수 있
는 호의나 관심을 단호하게 거절했다. 하지만 호기심 많은
아이들의 요청만큼은 차마 거절하지 못하여 함께 사진을
찍기도 했다.

첫째 아이를 임신하자 루시는 남편과 함께 병원에 방문
하여 기형아 검사를 받았다. 검사 결과 아이가 벨라 증후
군을 앓은 채 태어날 확률이 99퍼센트였고, 그 검사 과정
이나 결과에 오류가 개입될 확률은 1퍼센트도 되지 않았
다. 벨라 증후군을 치료할 수 있는 의학기술은 아직 개발
되지 않았고 그 불치의 유전병에서 기적적으로 해방됐다
는 자도 학계에 전혀 보고되지 않았다. 의사는 '범죄에 의
해 원하지 않은 임신'을 한 경우를 제외하고는 이곳에서
낙태가 법적으로 허용되지 않기 때문에, 외국인들이 많이
거주하는 도시의 유명 병원을 찾아가 불법으로라도 낙태
수술을 받는 것이 아이나 부모를 위한 최선의 방법이라고
귀띔했다. 하지만 루시의 남편은 의사의 제안을 완강하게
거절했다. 그는 모든 생명은 신의 뜻대로 태어날 권리를

지녔으며 아이가 스스로 운명을 결정할 수 있을 만큼 자랄 때까지 부모는 정상적으로 양육해야 한다고 맞섰다. 루시는 자신이 '태어나지 않을 권리'를 인정받아 막대한 배상금을 받았다는 사실을 남편에게 차마 말할 수 없었다. 하긴 그땐 의학기술이 99퍼센트의 확률로 미래를 예측할 수 있을 만큼 발달해 있지 않았기 때문에 자신의 소송과 승리는 역사가 응당 관통해가야 할 과정이었다고 간주할 수도 있었다. 하지만 루시는 자신뿐만 아니라 자신의 아이까지 극진히 사랑해주는 남편의 태도에 깊은 감동을 받아, 결국 신의 뜻에 따라 첫째 아이를 낳기로 결심했다. 그러면서도 남편이나 첫째 아이를 위해서라도 둘째 아이는 아시아에서 정상적인 아이를 입양하겠다고 약속했다. 하지만 남편은 정상적인 동생 때문에 첫째 아이가 평생 자격지심을 지닌 채 살아가는 건 불공평하다는 논리를 내세우며 아내의 계획에 반대했다. 대신 첫째 아이가 혈통 안에 남아 있던 비극의 찌꺼기를 모두 닦아내면서 태어났기 때문에 둘째 아이부터는 정상적인 상태로 태어날 것이라며 아내를 안심시켰다. 불법적인 낙태 수술을 부탁한 것이 아닌데도 그녀의 출산을 도맡으려는 의사는 없었다. 의사들은 벨라 증후군을 가지고 태어난 아이 중 70퍼센트가 일 년 안에 죽는다는 사실을 잘 알고 있으면서도 산모에게 굳이 말하지 않았다. 그리고 루시가 주정부와의 법적 소송에서 승리한 최연소 시민이라는 사실도 언론을 통해 잘 알고 있었지만 전혀 내색하지 않았다. 99퍼센트의 확률대로 아이가 벨라 증후군을 지닌 채 태어난다고 하더라도 산모는 이런저런 트집을 잡아 천문학적 배상금을 요구하면서 법적 소송을 진행할 위험이 다분했으므로 아무도 긁어 부스럼을 만들고 싶지 않았던 것이다. 결국 의과대학을 갓 졸업한 탓에 인류애와 영웅심을 구분하지 못하는 젊은 의사가 그녀의 출산을 떠맡았다. 하지만 자신이 두 손으로 직접 받아낸 핏덩이가 인간이 아니라 동물일지도 모른다는 생각에 의사는 까무러쳤고, 과도한 인류애 또는 영웅심에 도취된 나머지, 산모가 더 이상 불행을 잉태하지 못하도록, 남편을 은밀하게 불러 불임수술을 무료로 시술해주겠다고 말했다가 ─ 그 의사는 아이의 낙태를 반대한 자가 남편이라는 사실을 미처 알지 못했다 ─ 법적 소송 직전까지 내몰렸다. 병원장까지 나서서 산모에게 사과하고 병원비 전액을 병원 측에서 부담하는 조건으로 합의한 뒤에야 비로소 그 젊은 의사는 개미지옥에서 간신히 벗어날 수 있었고, 한동안 수술실 근처에는 얼씬도 하지 않았다.

의사의 진단대로 첫째 아이가 벨라 증후군을 지닌 채 태어나자 이웃들은 의학적인 지식을 전혀 지니고 있지 않음에도 불구하고, 그저 동정심에 휘둘리어, 하나같이 산모를 위로하면서 둘째 아이를 서둘러 낳아 슬픔을 덮으라고 재촉했다. 하지만 정작 루시는 남편의 세심한 배려 덕분에 현실을 제대로 감지할 겨를조차 없었다. 왜냐하면 아이는 태어나자마자 집에서 이십 킬로미터 남짓 떨어진 도시의 보모에게 맡겨졌기 때문이다. 루시는 자신이 아이를 낳았다는 사실조차 잊고 지낼 때가 많았다. 첫째 아이는 첫 돌을 며칠 앞두고 집으로 돌아왔다. 부모가 첫째 아이의 생일 파티 준비를 마쳤을 때 초인종이 울렸다. 보모가 아이를 데리고 현관문 앞에 서 있었다. 보모는 마치 택배 기사가 소포를 건네듯 무심한 표정으로, 약간은 후련하다는 듯이, 아이와 짐 가방을 건넸다. 남편은 보모에게 집 안으로 들어와 생일파티에 참석해 달라고 부탁했지만, 보모는 자신이 응당 받아야 할 수고비만을 챙긴 채 뒤도 돌아보지 않고 떠났다. 첫째 아이는 이불에 둘러싸여 있었기 때문에 모습이 잘 보이지 않았다. 자신의 아이를 받아든 루시의 몸속으로 모성애와 관련된 호르몬이 채워지기 시작했다. 하지만 이불 속에 얼굴을 묻고 있던 아이가 고개를 들었을 때 그녀는 커다란 충격을 받지 않을 수 없었다. 루시는 그 아이가 아시아에서 입양해 온 아이라 생각하고 싶었지만, 유년기 내내 자신을 괴롭히던 운명이 아이의 표정 안에 고스란히 담겨 있었기 때문에 차마 혈연관계까지 부정할 순 없었다. 어색한 낌새를 눈치챈 남편이 급히 달려와 그녀의 팔을 붙잡지 않았더라면 루시는 하마터면 유리병처럼 연약한 아이를 바닥에 내동댕이쳤을지도 모른다. 첫째 아이의 생일파티는 아이와 산모의 멈추지 않은 울음 때문에 엉망으로 끝이 나고 말았다. 아이 역시 비정상적인 모습의 어미를 보고 놀란 게 틀림없었다. 연거푸 토악질을 해대던 아이의 온몸이 뜨겁게 달아올랐다. 어찌할 줄 몰라 발만 동동 구르고 있던 루시와는 달리, 남편은 의사나 약물의 도움 없이도 민간요법만으로 아이의 토악질을 멈추게 하고 열을 내릴 수 있었다. 탈진한 루시가 일주일 동안 침대에 누워 지내는 동안, 아이를 먹이고 씻기고 재우는 일은 모두 남편이 맡아야 했다. 아이는 본능적으로 제 아버지의 품에 안겨 있을 때에만 평온을 느끼는지 혼자서는 우유를 먹거나 잠을 자려 하지 않았다. 루시는 아이를 돌보는 방법을 남편에게서 하나씩 배워야 했다. 하지만 자신의 손길을 완강하게 거부하는 아이 때문에 그녀는 주로 남편이 아이를 돌보는 광경을 멀리서 지켜봐야 했고, 아이에게 남편을 빼앗겼다는 박탈감까지 느꼈다. 그녀는 아이를 돌보는 대신 정원의 사과나무를 가꾸고 사과를 따서 잼과 차를 만드는 일에 전념했다. 그리고 혼자서 마트에 들러 일주일 분량의 음식과 생필품을 샀다. 마트에서 만난 이웃들은 하나같이 아이의 안부를 물으면서, 아내 대신 육아에 전념하고 있는 남편을 침이 마르도록 칭찬했다. 그 이야기를 듣고 있을 때마다 루시는 날달걀을 밟고 서 있는 것처럼 불안해졌다. 조만간 남편이 첫째 아이만을 데리고 자신을 떠날지도 모른다는 걱정이 질주를 멈추지 않았고 그럴수록 정상적인 둘째 아이를 갖고 싶다는 욕망이 불어났다. 출산 후 일 년 동안 집 안을 채우고 있던 사랑의 기쁨은 첫째 아이가 돌아온 뒤로 완전히 사라졌고, 루시는 다시 일상 곳곳에서 추위와 고독의 징후를 발견했다. 그녀는 남편에게 버림받지 않기 위해서라도 첫째 아이와의 유대감을 회복해야 한다는 강박관념에 시달렸고, 그때마다 어리석은 실수를 반복해서 남편을 크게 실망시켰다. 그녀가 상황을 단숨에 개선하는 방법이라곤 아시아에서 정상적인 아이를 입양해 오는 것밖에 없다고 생각했을 때, 마치 꼬챙이가 온몸을 관통하는 듯 통증을 느꼈고 그게 둘째 아이가 자신에게 도착한 신호라는 사실을 본능적으로 알아차렸다. 둘째 아이를 가졌다는 소식에 남편은 그 아이가 혈통의 비극에 감염됐을 확률 따윈 따지지도 않은 채 무척 기뻐했다. 그리고는 첫째 아이에게 쏟아 붓던 애정을 아내에게 나눠주었는데, 그로 인해 소외감을 느끼게 된 첫째 아이는 과도한 응석을 부리다가 오히려 아버지의 분노를 사고 말았다. 하는 수 없이 첫째 아이는 제 어머니와의 유대감을 복원해야 했고 루시의 품 안에서 잠들면서도 더 이상 울거나 채근하지 않았다. 첫째 아이는 이따금 루시의 배를 만지면서 자신이 언제쯤 에덴에서 추방될는지 가늠했는데, 나중에 어미가 생각해보니, 둘째 아이마저 벨라 증후군을 지닌 채 태어난 까닭이, 첫째 아이가 제 어미의 배를 쓰다듬으면서 저주를 옮겼기 때문인 것 같았다. 그런 추측 때문에 루시는 첫째 아이에 대한 애정을 더욱 줄일 수밖에 없었다.

부부는 둘째 아이에 대해 기형아 검사를 받지 않기로 결심했다. 삼라만상이 오로지 하나님의 거룩한 뜻에 의해 이미 결정되어 있다면, 불행이든 행운이든 그것의 정체를 미리 알게 된다고 한들 인간이 거부하거나 교정할 수는 없을 테니, 미래를 걱정하는 것만큼 어리석은 행동도 없었다. 행운이라면 반드시 함정이 숨어 있을 것이고, 불행이라고 해도 그걸 견뎌낼 방법이 마련되어 있을 터이므로, 현실을 신중히 살펴 그것들을 찾아내는 게 중요하다고 생각했다. 그래서 부부는 첫째 아이와 함께 하루도 빠뜨리지 않고 교회를 찾아가서 자신들이 하나님의 충복이라는 사실을 알렸다. 출산 당일에도 루시는 교회에 갔다가 예배 도중에 산통을 느끼고 급히 집으로 돌아와야 했다. 산모의 출산을 돕기 위해 찾아온 교인들은 마치 그날이 부활절 전날이라도 되는 것처럼 희망적인 전조에 한껏 고무되어 찬송가를 부르고 덕담을 이어가면서 아이의 탄생을 기다렸다. 하지만 모두의 걱정대로 둘째 아이에게서도 벨라 증후군의 징후가 발견되자 – 여자아이가 태어날 것이라는 산모의 예감만큼은 적중했다 – 축하객들은 갑자기 노래와 이야기를 멈추더니 산모나 아이에게 눈길 한 번 주지 않은 채 슬그머니 집 안에서 빠져나갔다. 그리고는 천사 대신 악마를 세상에 보낸 하나님의 의도를 제 나름대로 해석한 뒤 불길한 소문을 세상에 퍼뜨리기 시작했다. 인간의 모든 죄악이 담겨 있는 상자처럼 자신 옆에 내팽개쳐져 있는 둘째 아이를 내려다보면서 루시는 더 이상 하나님의 충복으로 살아가지 않겠다고 선언했고, 하나님의 뜻을 제대로 알아듣지 못한 목사의 무능함과, 사랑과 평등의 가르침을 따르지 않고 자신의 둘째 아이를 차별한 교인들의 위선을 고발하여 명예를 회복하겠다고 결심했다. 첫째 아이가 병원의 실수로 벨라 증후군을 지닌 채 태어났다면, 둘째 아이는 교회의 실수로 천형(天刑)을 선고받았다는 생각에 휘말린 것이다. 첫째 아이를 재우고 안방으로 돌아온 남편은 아이들의 미래를 위해서라도 교회를 적으로 삼는 건 결코 현명한 행동이 아니라며 아내를 설득했다. 그 대신 근거 없는 희망을 과도하게 주입해서 자신들을 더욱 비참하게 만든 네 명의 교인들에겐 교훈을 분명하게 가르칠 필요가 있다는 데 남편도 동의했다. 그러면서도 남편은 세 번째 아이에게선 하나님의 은혜가 반드시 드러날 것이라고 확신했다. 세 번째 아이까지 상상하니 루시의 입안에서 비명과 탄식이 연쇄적으로 폭발했다. 하지만 남편의 말대로, 비정상적인 두 아이들이 부모가 죽은 뒤에도 큰 문제 없이 생존하려면 그들을 부모처럼 돌봐 줄 친척이나 형제자매가 필요한데 아직 그런 후견인들을 찾아내지 못했다는 사실이 마음에 걸렸다. 봉사단체에 재산을 기탁하고 두 아이들의 미래를 맡길 수도 있었지만, 부부는 타인과 세상에 대한 믿음을 점점 잃어가고 있었으므로 그 방법이 선뜻 내키지 않았다. 정상적인 아이를 아시아에서 입양하는 방법이 가장 현명한 방법이었지만, 피가 전혀 섞이지 않은 형제자매를 돌보다 보면 세 번째 아이는 필경 자신의 운명을 거부할 것이고, 양부모와의 약속을 저버린 채 재산만 챙겨 자신의 생모와 생부에게 되돌아갈지도 몰랐다. 그래서 루시는 만약에 세 번째 아이를 임신하게 된다면 반드시 기형아 검사를 받을 것이고 - 적어도 유전적 불행을 진단하는 일에는 교회의 목사보다 산부인과 의사가 훨씬 낫다는 데 수긍했다 - 낯익은 함정이 발견되는 즉시 출산을 포기하겠다고 남편 앞에서 선언했다. 의학의 놀라운 발전 속도를 감안한다면 가까운 미래에 유전자 결함까지 치료할 수 있는 방법이 발명될 수도 있을 테니, 전 재산을 쏟아 부어서라도 자신의 아이들을 정상 상태로 되돌려놓겠다고 다짐하기도 했다. 애써 슬픔을 극복하려는 산모의 노력이 눈물겨워서 남편은 아내가 말하고 행동하는 대로 가만히 놔두면서 이따금 고개를 끄덕였다. 둘째 아이가 태어난 뒤로 루시 부부는 더 이상 교회에 나가지 않고 집 안에서 성경을 읽고 그 내용을 아이들에게 직접 가르쳤다. 루시 부부가 네 명의 교인들을 상대로 벌인 법적 소송에서 패배했다는 소식은,

기득권층에 유리하게 설계되어 있는 사회적 장치들을 비난하거나 조롱하는 여론을 불러일으켰다. 언론사와의 인터뷰에 등장한 남편은 장애인들에 대한 차별 없는 대우 - 어느 사회도 아직까지 성공한 적이 없는 - 를 요구하는 대신 그들이 자신만의 방식대로 살아갈 수 있도록 배려하는 제도와 환경을 요구했고, 법이나 성경보다 더 낮은 곳에 살고 있으면서도 이웃들의 고통을 외면하지 않는 시민들이 이 주장에 동조하여 전국 각지에서 응원과 지원금을 보내왔다. 그래서 정작 법적 소송에서 승리한 자는 네 명의 교인들이 아니라 루시 가족이라는 소문이 사실처럼 받아들여졌다. 마치 진실을 확인시키려는 듯 루시 부부는 아이들을 데리고 이전보다 더 자주 마을을 산책하고 쇼핑을 했으며 식당을 드나들었다. 그들의 일상은 언론의 관심을 끌었기 때문에, 적어도 공개적으로 그들을 무시하거나 비난할 수 있는 이웃은 없었다. 하지만 이웃들 중에는 세 명의 유명한 장애인들 때문에 마을 전체가 흉흉하게 변하고 있다고 걱정하는 자들이 적지 않았다. 그들은 특히 정치인들 주위에 몰려 있었다. 정치인들은 여론에 떠밀려 장애인 편의시설을 확충하겠다는 약속을 공표하긴 했으나, 정책과 예산을 소수 유권자들에게만 집중할 경우 다수 유권자들의 반감을 살 수 있다고 걱정했다. 그래서 그들은 지지자들의 불평을 감안하여 장애인이라면 결코 준수할 수 없는 교통규칙을 새로 재정하여 공표했고 벌금을 강화했으며 법적 소송에 앞서 이웃들 간의 갈등을 조정할 수 있는 절차를 일방적으로 도입했다. 이에 따라 이웃들은 자신의 삶이 호기심 많은 언론사와 무례한 방문객들에 의해 철저하게 파괴되고 있다는 이유를 들어 루시 가족의 이사를 공개적으로 요구했고, 이를 법적으로 강제할 수 없다면 적어도 그들이 하루에 일정 시간 동안 반드시 집 안에 머물러야 하며 언론사나 방문객의 숫자도 제한해야 한다고 주장했다. 이런 탄원서에 서명한 자들 중에는 루시 부부와 법적 소송을 벌였던 네 명의 교인들이 포함되어 있었고, 이웃들과 루시 부부 사이의 화해를 추진할 담당자로 한때 그 부부가 하나님의 침실이라고 여기면서 매일 드나들었던 교회의 목사가 임명됐다. 목사는 성경과 법전을 적절히 동원해가면서 그 부부와 아이들을 일정 시간 집 안에 가둬 놓는 데 가까스로 성공했지만, 그 부부가 너무 오랫동안 집 안에 머물게 된다면 셋째 아이를 임신할 확률이 높아지기 때문에 루시의 남편에게 불임시술을 강제해야 한다는 이웃들의 억지에는 적절히 대응하지 못했다. 불임수술을 받고서도 아내의 임신을 막지 못한 남편들의 설명에 따르면, 정관 안의 정자들을 완전히 없애려면 적어도 예닐곱 번의 부부 관계가 추가로 필요한데 그 절차를 소홀히 처리했을 경우 허망한 결과를 받아들여야 할 수밖에 없단다.

루시와 둘째 아이가 차례로 병치레를 하느라 한 달 남짓 집 안에 머물렀기 때문에, 남편과 첫째 아이만 일주일에 한 번 정도 마트에 나타났다가 그마저도 뜸해졌다. 그러자 언론이나 지지자들의 관심도 급격히 줄어들었고, 이웃은 다른 이웃을 집 안에 가두거나 불임수술을 강제하려는 시도를 멈췄다. 하지만 첫째 아이가 여덟 살이 되는 해에 마을의 평화는 다시 심각한 위협을 받았다. 첫째 아이를 초등학교에 보내지 않는 루시 부부를 두고 여론이 대치하기 시작했다. 한쪽에선 아무리 불치병을 앓고 있다고 하더라도 아이가 자유의지에 따라 보고 듣고 말하고 이해하는 데 전혀 문제가 없는 이상 부모는 자식을 일반 학교에 보내야 한다고 주장하면서 부모의 무책임을 비난하는가 하면, 다른 쪽에선 아이의 등교를 막고 있는 자는 정작 부모가 아니라 이기적인 이웃들과 무능한 정부라고 지적했다. 국가는 모든 아이들이 고등학교까지 졸업할 수 있도록 규정과 예산을 마련해 두었기 때문에, 루시 부부의 반대와 상관없이 첫째 아이를 학교로 데려와야 한다는 여론이 들끓었다. 하지만 첫째 아이는 부모에게서 단 한 순간도 떨어지려고 하지 않았고, 아이의 고집을 꺾는 방법이라곤 제 아버지와 함께 등하교하면서 수업을 받는 것뿐이었는데 루시 부부에겐 자동차가 없었으므로 – 루시에게 없는 운전면허증을 그녀의 남편은 가지고 있었으나 아내가 교통사고와 이혼을 걱정한다는 사실을 알고 자동차 구입을 고집하지 않았다 – 이번에도 교회의 목사가 분쟁의 전면에 등장하여 해결 방법을 중재해야 했다. 가난한 교인들을 매주 일요일 그들의 집에서 교회까지 실어 나르는 데 사용하는 승합차를 빌려 루시의 남편과 첫째 아이가 매일 등하교를 하되, 적당한 때를 봐서 아이 혼자만 교실에 들여보내기로 목사와 루시 부부는 합의했다. 자동차 사용료는 매달 루시 부부가 십일조의 형태로 교회에 납부하기로 했다. 이에 따라 루시의 남편은 교회의 승합차에 첫째 아이를 태우고 직접 운전해서 등교했으며 하굣길에 마트에 들러 장을 보기도 했다. 이제 루시 남편은 주유소나 교회 주차장에서도 발견됐다. 여덟 살에 처음으로 자동차를 타본 첫째 아이는 너무 긴장하여 반 시간 넘게 땅바닥을 뒹굴며 울어 젖혔으나 자동차의 속도와 차창 밖의 풍경에 완전히 매료된 뒤로는 자동차를 타고 달리는 시간을 하루 종일 기다렸다. 부모의 사랑을 흠뻑 받고 자라난 첫째 아이는 이웃들의 편견과는 달리 총명했을 뿐만 아니라 사교성도 뛰어나서 선생의 칭찬과 급우들의 시샘을 한몸에 받았고 등교한 지 사흘도 채 지나지 않아서부터 혼자 교실로 들어갔다. 학교의 마스코트가 된 첫째 아이의 언행을 따라 하는 것이 급우들 사이에서 유행했고, 결코 평범하지 않은 학생 하나가 학교 전체의 분위기를 어떻게 긍정적으로 변화시킬 수 있는지 선생들도 몸소 확인했다. 루시의 첫째 아이와 관련된 이야기가 마을을 떠돌아다니면서 애완동물이나 대형 인형의 판매량이 크게 늘었다는 사실은 거의 알려지지 않았다. 마트나 식당에서 루시의 가족을 만나면 이웃들은 첫째 아이를 가장 먼저 아는 체했고 첫째 아이는 천진난만한 미소와 몸짓으로 상대방을 기쁘게 해주었다. 이웃들의 경계심이 점점 줄어들자 루시는 남편 명의로 중고차를 사고 승합차를 교회에 반납한 뒤 더욱 자주, 그리고 더욱 멀리까지 외출했다. 낯선 곳의 진기한 풍경과 적당한 긴장감은 루시의 건강뿐만 아니라 남편과의 친밀함까지 회복시켜 주었다. 가족 사이에서 또다시 기이한 소외감을 감지한 첫째 아이는 학교에서 자신의 존재감을 확인받으려고 노력했다. 그래서 자신이 부모와 함께 만든 사과 잼과 차를 가지고 등교하여 급우들에게 선물로 나눠줬는데, 그걸 먹으면 벨라 증후군에 감염된다고 믿은 급우들은 선물을 몰래 쓰레기통에 던져버렸다. 쓰레기통 주변에 잔뜩 모여든 벌레 덕분에 진실을 알아차린 첫째 아이가 크게 실망하여 등교 거부를 선언하던 날 루시는 세 번째 입덧을 시작했다.

아랫배가 불룩해진 루시가 가족들과 함께 마트에 나타나자, 이웃들은 일제히 비명과 탄식을 쏟아냈다. 벨라 증후군을 앓고 있는 두 명의 아이를 데리고 산책을 하는 부모를 – 이웃들의 눈엔 세 명의 장애자들이 보였다 – 찍은 사진들이 소셜 네트워크를 통해 급속히 퍼져 나가자 악마의 자식들이라는 원색적인 비난과 함께 부모의 멈추지 않는 성욕 때문에 아이들이 평생 불행과 편견 속에 갇혀 살아야 하는 건 너무 부당하다는 여론이 들끓었다. 루시의 집 앞으로 몰려온 시위대는 – 그들의 정체는 명확하지 않았는데, 자유연애주의자나 반기독교주의자, 청소년상담사와 환경운동가 등이 섞여 있었고 낯익은 이웃들의 얼굴도 보였다 – 자유민주주의 국가의 모든 국민들은 자유롭게 사랑을 할 권리를 가지고 있지만 그 결과가 미풍양속이나 사회적 약자들의 권리를 해칠 위험이 있다면 피임과 낙태를 통해 적절히 통제되어야 마땅하다고 주장했다. 벨라 증후군을 앓고 있는 자들의 지능은 일반인의 그것보다 훨씬 낮은데다가 성욕과 식욕을 제대로 구분하지 못하기 때문에, 국가가 나서서 환자의 자유를 통제하는 건 당연한 조치라고 주장하는 의사가 등장했는가 하면, 어떤 독지가는 세 번째 아이를 낙태한다는 조건으로 병원비와 생활비를 지원하겠다고 제안했다. 하지만 루시 부부는 자신들이 기독교도이기 때문에 피임과 낙태의 방법을 결코 사용할 수 없다고 당당하게 맞섰다. 그리고 셋째 아이마저 벨라 증후군을 앓게 될 것이라는 단정에는 아무런 의학적 증거가 없다고 주장했다. 그러면서도 루시 부부는 기형아 검사를 완강히 거부한 채 성경 구절을 인용하여 자신들에겐 더 이상의 불운은 찾아오지 않을 것이라고 확신했다. 루시 가족과 이웃들의 갈등이 심화되고 있는데도 정작 교회 목사는 모호한 태도를 취함으로써 모두를 크게 실망시켰다. 항의의 표시로 많은 교인들이 주일 예배에 불참하자 크게 놀란 목사는 출애굽기의 일화를 들먹이면서 루시 부부를 협박했고, 만약 셋째 아이마저 벨라 증후군 환자로 판명난다면 다른 도시로 이주하겠다는 각서를 끝내 받아냈다. 하지만 루시 부부는 현재의 거주지 이외에 자신의 가족이 평온을 느낄 수 있는 곳이 세상 어디에도 없다는 사실을 잘 알고 있었다. 차라리 감옥처럼 담을 더욱 높이 쌓고 창문을 모두 벽돌로 막은 뒤 그 안에서 자신의 가족끼리만 여생을 보내는 편이 모두에게 유익할 것 같았다. 아껴 쓴다면 셋째 아이까지도 평생 돈 걱정 없이 살 수 있을 만큼의 재산은 아직 남아 있었다. 생필품이야 인터넷으로 주문해서 택배로 받으면 그만이고, 지하실의 잡동사니를 정리하면 반년 정도 버틸 만큼의 식품을 저장할 수도 있었다. 아이들을 가르치거나 그들과 함께 놀아줄 책들은 지천에 널려 있었다. 다만 누구든 크게 아플 때가 문제였는데, 루시의 남편은 선조 때부터 전해져 내려온 민간요법을 많이 알고 있었으므로 미처 상비약을 준비해 놓지 못한 질병이 찾아오더라도 긴박한 상황을 피할 수 있을 것 같았다. 그래서 루시 부부는 마치 핵전쟁을 대비하는 사람들처럼, 이웃들과 절연한 채 살아갈 방법을 궁리하기 시작했다. 루시는 지하실의 잡동사니를 정리하다가 그 자리에서 셋째 아이를 낳았고, 그 아이가 벨라 증후군에 감염된 까닭은 전적으로 이웃들의 적대감 때문이라고 단정지었다. 루시 부부는 마을에서 영원히 추방될까 봐 덜컥 겁이 났다. 그래서 목사에겐 셋째 아이가 출산 도중에 죽었다고 거짓말을 했다. 목사는 제 눈으로 태아의 주검을 확인하지 못한 이상 루시 부부의 말을 곧이곧대로 믿을 수 없었지만 그 가족의 불행을 활용하여 자신의 자비로움과 기적을 일으키는 능력을 대중 앞에서 검증받고 싶었기 때문에 그 거짓말을 믿어주기로 결심했다. 그래서 목사는 주일 예배에 루시 가족을 초대하여 그들이 최근에 겪은 유산의 고통을 위로한 뒤, 이웃들에 대한 하나님의 사랑을 실천하는 것만이 천국으로 들어가는 열쇠임을 역설했다. 목사가 직접 연출한 연극은 성공적으로 마무리됐고 이웃들은 자신들이 돌봐야 하는 형제자매로 루시 가족을 다시 받아들였다. 둘째 아이는 병치레 이후 성장 속도가 둔해졌고 지능도 첫째 아이의 그것보다 훨씬 뒤떨어졌기 때문에, 셋째 아이는 두 살 터울의 둘째 아이와 쌍둥이처럼 양육됐다. 이따금 루시의 남편은 셋째 아이를 데리고 외출을 하면서 이웃들에겐 둘째 아이라고 소개했는데 거짓을 전혀 눈치채지 못한 자들은 성장이 멈춘 것 같은 아이를 안쓰럽게 쳐다보다가 슬그머니 꽁무니를 뺐다. 그런 일이 자주 일어나다 보니, 셋째 아이는 자신의 이름 대신 둘째 아이의 이름에만 반응했으며,

나중엔 둘째 아이와 셋째 아이를 같은 이름으로 불러야 했다. 본인들도 누가 먼저 태어났으며 누가 그 이름의 진짜 주인인지 헷갈려 할 정도였다.

목사는 성경과 법전에 따라 루시 가족이 이웃들과 조화롭게 살 수 있는 방법을 가르쳐주겠다는 명목으로 매주 한 번씩 루시의 집에 방문했다. 그리고 루시 가족에게 설교를 할 때마다 현관문과 창문을 모두 열어놓아 이웃들이 자신의 헌신을 알아차리도록 만들었다. 하지만 어느 날 네 살 남짓의 아이를 데려온 뒤로는 더 이상 문을 열어놓고 설교하지 않았을 뿐만 아니라 그 아이의 존재를 이웃들에게 비밀로 해달라고 루시 부부에게 신신당부했다. 아이는 목사를 아빠라고 불렀다. 목사는 모든 형제자매의 운명에 개입하여 선행을 직접 실천하는 사목인 만큼 누구에게든 아버지나 어머니로 불릴 수 있기 때문에 루시 부부는 목사의 호칭을 대수롭지 않게 받아들였다. 목사는 자신의 신도이기도 했던 그 아이의 부모가 최근 불의의 교통사고로 유명을 달리했는데 아이를 맡길 가족이나 친척을 찾을 수 없어서 자신이 당분간 돌보게 됐으며, 목사 업무와 육아를 동시에 수행하는 건 거의 불가능하다는 사실을 분명히 깨달고 적격의 양부모를 찾고 있으니 그때까지만이라도 그 아이를 이곳에서 지내게 해달라고 부탁했다. 루시 부부는 목사가 그 아이를 파수꾼으로 세워 넷째 아이의 임신을 방해하려 한다고 의심했지만 목사의 제안을 거부하는 순간 이 마을을 떠나야 한다는 사실을 너무나도 잘 알고 있었기 때문에 불편한 내색을 조금도 내비칠 수 없었다. 아이의 양육에 소요되는 비용 일체는 목사가 부담하기로 약속했다. 아이가 혼자 지낼 수 있는 공간을 요구받았을 때, 루시 부부는 목사 역시 벨라 증후군을 전염병으로 여기고 있다고 확신했다. 그래서 고귀한 투숙객이 혼자서 식사를 마친 다음에야 루시는 자신의 아이들을 식탁으로 불러들였고 새로운 아이를 씻긴 물을 받아 두었다가 자신의 아이들을 씻겼다. 투숙객의 옷과 신발, 수건은 항상 뜨거운 물로 삶았고, 매일 두 번씩 그 아이의 방을 청소했으며, 자신의 아이들이 그 방 안으로 들어가지 않도록 주의시켰다. 자신이 맡긴 아이를 보러 목사는 일주일에 두 번 이상 예고도 없이 불쑥 들이닥쳤다. 목사가 자신을 아빠라고 부르는 아이에게 설교하는 동안 루시의 가족들은 정원으로 나가 두 시간 남짓 머물러 있어야 했다. 목사가 떠나야 비로소 생기를 회복하는 아이는 루시의 가족과 잘 어울려 지냈는데,

아직 어려서인지 그곳에 사는 사람들이 자신과 많이 다르다는 사실을 거의 알아차리지 못했다. 그 아이는 루시 부부가 잠시 한눈을 파는 사이에 셋째 아이에게 우유를 먹이고 기저귀를 갈아주었다. 둘째 아이에게 동화책을 소리 내어 읽어주었고 첫째 아이의 마법에 걸려 염소로 변신한 뒤 네 발로 방안을 기어다니기도 했다. 새벽까지 악몽에 시달린 아이는 루시 부부의 침대로 숨어들어와 루시를 껴안고 잠을 잤다. 새로운 식구 덕분에 루시 가족은 그동안 집 안에서 결코 느낄 수 없었던 종류의 열기를 감지했다. 그래서 루시 부부는 어쩌면 자신들이 그 아이를 넷째 아이로 – 나이로 따지자면 그 아이는 둘째 아이가 되어야 했다 – 입양할 수 있을지도 모른다는 희망을 품었다. 루시는 그 아이를 얻는 대신 자신의 재산 절반을 교회에 헌납할 생각까지 했다. 하지만 그 부부의 희망은 곧 처참하게 파괴됐다. 어느 날 목사는 젊은 여자를 대동하고 나타나서는 자신이 맡긴 아이의 양부모가 될 사람이라고 루시 부부에게 소개했다. 부부는 실망감을 드러내지 않기 위해 이를 악물고 손으로 표정을 가렸다. 하지만 루시 부부의 눈에도 그 여자는 아이를 키우기엔 너무 어려 보였다. 루시 부부와 아이들이 집 안을 비우자 목사는 아이에게 장난감 하나를 던져주면서 거실에 머물게 하더니 여자와 함께 아이의 방으로 들어가 문을 걸어 잠근 채 한참 동안 머물다가 잔뜩 상기된 얼굴로 방에서 나왔다. 목사와 여자가 떠나자마자 울기 시작한 아이는 저녁 식사도 거른 채 밤늦게까지 정상을 회복하지 못했다. 그 아이는 그 젊은 여자를 어머니로 받아들일 생각이 추호도 없었던 것이다. 그래서 목사가 여자를 데리고 나타날 때마다 어린 늑대처럼 울부짖었으나, 루시 부부는 그저 귀를 막은 채 정원을 거위처럼 서성거렸을 뿐이다. 목사의 설교 시간은 점점 길어졌다. 집 안으로 돌아온 루시 부부는 그 아이의 원망과 체념 섞인 시선을 애써 외면하는 게 너무 곤혹스러웠다. 정체 모를 이물감을 양치질로 닦아 내려다가 문득 루시 부부는 그 아이와 목사가 동일한 유전자를 나눠 가졌을지도 모른다는 의혹에 사로잡혔다. 그래서 자신들의 궁금증을 해결할 기회를 엿보고 있었는데, 어느 날부터 목사는 혼자서 루시의 집에 나타나기 시작했고 나중엔 목사마저도 이런저런 핑계를 들어 발길을 끊고 말았다. 목사의 아들과 루시 가족은 자신들의 일생에서 가장 행복한 시간을 반년 남짓 보냈다. 루시 부부는 마침내 그 아이를 넷째 아이로 받아들일 결심을 하고 목사가 결코 거절하지 못할 제안을 준비했다. 하지만 한때 목사를 따라 루시의 집을 드나들던 젊은 여자가 변호사를 대동하고 교회를 찾아와서 목사와의 불륜 사실을 폭로하면서 루시 가족은 눈앞의 행복을 빼앗기고 말았다. 목사는 불명예스런 자리를 피해 루시 부부의 집으로 달려와 아이를 낚아채듯 데려갔다. 아이는 잠옷 차림에 빈손으로 그 집에서 사라졌고, 그 뒤로 두 번 다시 목사와 아이에 대한 소식을 루시 부부는 전해 듣지 못했다. 그래도 루시 부부는 그 아이가 새벽에 악몽을 피해 그곳으로 돌아올 경우에 대비하여 자신의 아이들이 그의 방에 들어가거나 물건을 만지지 못하도록 감시했다.

루시의 첫째 아이는 열 살이 되던 해에 이웃 소년과 사랑에 빠졌다. 이웃 소년은 사랑의 감정보다는 호기심을 가감 없이 드러냈을 뿐이며, 자신보다 불우한 처지의 친구들에게 친절을 베풀어야 한다고 배웠다. 첫째 아이가 수줍게 사랑을 고백했을 때에도 소년은 대수롭지 않게 여겼다. 첫사랑은 어차피 현실에 뿌리를 내리지 못하는 신기루인데다가 그 소녀가 조만간 사춘기에 들어서게 된다면 자신의 행동을 저절로 부끄러워 할 것이라고 생각했다. 하지만 소녀의 집착이 정상 수준을 넘어서자 - 그녀는 자신의 부모와 함께 만든 사과 잼과 차를 소년의 집앞에 몰래 가져다 놓았고 소년의 부모는 갑자기 집 안팎을 점령한 벌레를 없애기 위해 소독업체까지 불러야 했다. – 소년은 덜컥 겁이 나서 자신의 부모에게 도움을 요청하지 않을 수 없었다. 소년의 부모는 모욕을 당한 것 같아 분노했다. 하지만 루시 부부가 법적 소송과 언론 플레이를 통해 막대한 재산을 모았다는 사실을 알게 되자, 소년의 부모는 돈벌이 기회를 놓치고 싶지 않았다. 그래서 처음엔 스토킹을 이유로 루시의 첫째 아이를 경찰에 신고한 뒤 막후에서 그녀의 부모와 협상할 작정이었다. 하지만 소녀의 감정이 자신들의 예상보다 훨씬 진지하다는 사실을 확인한 소년의 부모는 소녀를 인질 삼아 더 많은 돈을 벌 수 있는 방법을 궁리했다. 그래서 소년의 부모는 루시 부부를 찾아와 아이들이 저지른 일탈에 대해 설명하고, 공개적으로 둘이 사랑을 키워갈 수 있도록 환경을 함께 마련해주자고 제안했다. 당연히 루시 부부는 이웃의 수상한 제안을 거부했다. 하지만 자신의 첫째 아이가 부모의 결정에 처음으로 격렬하게 저항하자 크게 놀라지 않을 수 없었다. 루시 부부는 첫째 아이의 양육 방법을 두고 격렬하게 다퉜다. 자신들이 더 이상 이 세상에 남아 있지 않을 경우를 상상한 다음, 첫째 아이처럼 벨라 증후군을 앓고 있는 루시는 첫째 아이가 정상적인 환경 속에서 자립할 수 있는 방법을 가르쳐주어야 한다고 생각한 반면, 지극히 정상적인 유전자를 지닌 루시의 남편은 자신의 아이들이 정상적인 생활을 하는 건 불가능하기 때문에 이웃들의 적의와 호기심으로부터 아이들을 안전하게 보호할 방법을 부모가 미리 마련해주어야 한다고 주장했다. 그러니까 루시는 첫째 아이가 자신처럼 정상적인 남자와 결혼하길 원했고, 루시의 남편은 벨라 증후군을 앓고 있는 여자를 자신처럼 진심으로 사랑할 수 있는 남자는 세상에 거의 존재하지 않는다는 사실을 아이들에게 똑똑히 알려주어 허황된 희망에 상처받지 않도록 해주고 싶었다. 하지만 한 달여간 지속된 냉전 끝에 루시가 결국 승리하여, 소년은 매일 아침 루시의 집으로 찾아와 첫째 아이를 데리고 등교했고, 학교에서 함께 돌아온 뒤에도 소년은 첫째 아이의 방에 머물면서 책을 읽거나 음악을 들었다. 소년의 부모가 소셜 네트워크를 통해 이 사실을 세상에 알리자, 황색 언론은 마치 남미의 노예 해방을 위해 애쓴 예수회의 신부처럼 소년을 미화했고, 소년은 마을과 학교에서 유명세를 얻게 됐으며 또래 소녀들의 구애를 끊임없이 받다가 끝내 한 소녀와 친구 이상의 관계까지 맺었다. 그 뒤로 소년은 자신을 유명하게 만들어준 루시의 첫째 아이에게 이런저런 핑계를 둘러대면서 함께 등하교하는 걸 피했는데, 이를 눈치챈 소년의 부모는 아들을 협박과 매질로 다스리면서 돈벌이의 기회를 지켜냈다. 그러자 소년은 루시의 첫째 아이를 학대하기 시작했고 첫째 아이는 이 모든 고난이 자신의 부모가 소년의 진심을 냉대하기 때문이라고 확신하고 더욱 격렬하게 부모에게 저항했다. 루시 부부는 소년의 변심을 의심하고 있었지만 제 자식을 보호하기 위해 소년과 그의 부모에게 값비싼 선물을 보내어 비극적 결말을 막으려고 애썼다. 소년과 그의 부모는 갈수록 더 비싼 보상을 노골적으로 요구했고, 루시 부부가 예약해준 항공권과 호텔을 사용하여 해외여행을 다녀오기도 했다. 그렇다고 염치가 전혀 없는 건 아니어서 소년의 부모는 루시의 첫째 아이를 자동차에 태워 인근 바닷가로 놀러갔는데, 생애 처음 바다를 본 첫째 아이가 공황장애와 같은 발작을 일으키자 숙소 근처의 병원에 입원시킨 채 자신의 아들만 데리고 귀가했다. 앰뷸런스에 실려 첫째 아이가 집으로 돌아왔을 때, 소년의 부모는 루시 부부에게 전화를 걸어 소녀의 상태만을 사무적으로 물었을 뿐 소년을 보내거나 자신들이 직접 찾아오지 않았다. 첫째 아이가 한 달 남짓 두

문불출하면서 건강을 회복하는 동안 루시의 남편이 집 안의 우울한 분위기를 바꾸기 위해 고작 생각한 방법은 넷째 아이를 갖는 것이었다. 공교롭게도 첫째 아이가 첫사랑에 빠진 무렵부터 루시 부부에게 권태기가 찾아왔는데, 데면데면해진 가족 사이에서 남편은 아내와 자식들에게 버림받을까 매 순간 전전긍긍했고, 불안감을 누그러뜨릴 방법을 궁리하지 않을 수 없었다. 남편의 제안에 루시는 즉각 거절하지 못하고 머뭇거렸다. 하지만 첫째 아이는 자신의 부모에게 반대 의사를 분명하게 표시했다. 자신의 부모는 더 이상 아이를 낳을 게 아니라 이미 낳은 아이들의 양육에 집중해야 한다고 주장했다. 하지만 아버지는 뜻을 굽히지 않았다. 갖가지 선물 공세에도 소년의 쌀쌀한 반응이 조금도 달라지지 않아서 조바심이 나 있던 첫째 아이는 제 부모가 자신에게 대물림한 유전적 결함이 너무나도 부당한 폭력으로 여겨졌고, 나중엔 인류 역사상 가장 잔혹한 부모에 의해 가장 처참하게 파괴된 피해자가 자신이라고 확신했다. 그래서 루시의 첫째 아이는 소년의 부모를 찾아가 도움을 요청했고 그들이 알선해준 변호사의 조언에 따라 제 부모를 상대로 소송을 시작했다. 처음에 루시 부부는 사춘기 소녀의 가벼운 반항 정도로 여겼으나, 이 소식이 언론을 통해 널리 알려지고 딸을 응원하는 자들의 숫자가 들불처럼 불어나자 위기감을 느끼고 유명 변호사를 고용하여 전력으로 대응하지 않을 수 없었다.

루시의 첫째 아이는 자신의 어머니가 성스러운 투쟁을 통해 쟁취해 낸 법적 성과 덕분에 제 어머니를 상대로 한 소송에서 승리할 것이라고 낙관했다. 당장 '태어나지 않을 권리'를 주장함으로써 제 부모를 무력하게 만들 수 있었다. 하지만 루시 부부는 마약과 같은 위안에 중독되어 자식의 양육에 소홀한 적이 결코 없었기 때문에 루시의 첫째 아이, 또는 그녀의 변호사는 주정부를 상대로 배상금을 청구할 순 없었다. 첫째 아이의 저항을 조종하던 소년의 부모는 돈벌이 기회가 줄어들었다는 사실을 순순히 받아들일 수 없었다. 그래서 거의 고문과 다를 바 없는 방식으로 첫째 아이를 추궁하여 기억의 파편을 찾아내고 이를 임의적으로 조작하여 그럴듯한 스토리를 만들어냈으나, 정당한 방법으로 취득하지 않은 증거는 설령 그것이 진실의 일부라고 하더라도 법정에서는 오히려 자신들의 숨통을 찌를 칼이 될 수도 있다는 변호사의 반대 때문에 폐기해야 했다. 하지만 소송에서 완전히 패배하여 전 재산을 탕진한 것으로도 모자라 이웃의 명예를 훼손하고 미성년자를 학대했다는 죄명으로 1년여의 실형까지 선고받게 되자 소년의 부모는 자신이 불법적으로 취득한 정보를 신문사에 넘기는 조건으로 보석금을 마련했는데, 이 신문사 역시 루시 부부에 의해 피소되어 막대한 배상금을 지불해야 했다. 루시 부부는 배상금 전액을 벨라 증후군 퇴치 연구기금으로 대학병원에 기부함으로써 더 이상 언론이나 이웃들이 자신의 가족을 괴롭히지 못하도록 조치했다. 루시 부부는 첫째 아이와 화해하기 위해 넷째 아이의 출산 계획을 포기하겠다고 선언하는 한편, 출소 이후에도 딸을 조종하고 있는 소년의 부모를 찾아가 읍소하기도 하고 위협하기도 하면서 더 이상의 파국을 원하지 않는다는 의사를 분명하게 밝혔다. 하지만 첫째 아이나 소년의 부모 모두 마음을 바꾸지 않자, 루시 부부는 또다시 법의 위엄을 빌려 상황을 정리하기로 결심했다. 루시 부부, 또는 그들의 변호사는 태어나지 않을 권리가 첫째 아이에게 있다는 사실은 순순히 인정했다. 그리고 그 권리를 침해당한 결과로 첫째 아이가 겪어야 했던 상실감을 치유하고 자립에 필요한 능력을 갖추는 데 최대한 지원하겠다고 약속했다. 하지만 그 채무관계는 엄연히 부모와 자식 사이에 해결해야 할 사항이지 자식의 애인과 그의 부모가 개입할 사항은 아니라고 명토 박았다. 벨라 증후군을 앓고 있는 첫째 아이가 스스로의 권리를 행사할 능력이 없어서 어쩔 수 없이 자신들이 대리인으로 나설 수밖에 없었다는 소년의 부모의 논리는, 벨라 증후군을 앓고 있는 자에게도 정상적인 인지능력과 판단력이 작동한다는 의학적 논문을 인용하여 간단히 제압했다. 하지만 슬프게도 오래전 이웃들이 자신들에게 적용하려고 했다가 실패했던 주장, 즉 인간으로 태어난 이상 사랑할 권리를 빼앗기거나 제한당할 수 없으며 출산은 사랑의 자연스런 결과에 불과하지만 그 결과가 미풍양속이나 사회적 약자들의 권리를 해칠 위험이 있다면 피임과 낙태를 통해 적절히 통제되어야 마땅하다는 주장을 스스로 상기시키면서 자신들의 부주의 때문에 자식들이 입게 된 피해의 규모를 과장했다. 루시 부부의 생각이 완전히 바뀐 것인지 아니면 법적 소송에서 승리하기 위해 그들의 변호사가 준비한 문서를 소리 내어 읽은 것인지 분간할 수 없는 이 고백은 결국 벨라 증후군을 앓는 자에겐 정상적인 이웃들의 배려와 도움이 절실하다는 편견을 묵인하는 결과를 낳고 말았지만, 적어도 법적 소송에서 루시 부부가 유리한 위치를 선점하는 데 도움이 될 여론을 모아 주었다. 이웃들이 언론사 앞에 자발적으로 몰려가서 루시 부부의 헌신에 대해 증언해 주었고, 마을 교회에 새로 부임한 목사도 주일 예배마다 루시 부부의 승리가 곧 하나님의 뜻이라는 사실을 교인들에게 각인시켰다. 반면 첫째 아이의 저항을 조종하던 소년과 그의 부모에 대한 추악한 진실들은 봇물 터지듯 쏟아져 나왔다. 결국 진정한 사랑이 거짓 사랑을 제압하고 말았도다. – 교회의 새로운 목사는, 부모와 자식 간의 사랑이 연인 간의 그것보다 더 강하고 진실하다고 설교하면서, 하나님과 교인들을 부모와 자식에 비유했다. – 지루한 법적 절차를 따라가느라 루시의 남편은 하루 종일 집 밖에 머물러야 했고 루시는 집 안에 박혀 두 아이 – 첫째 아이는 소년의 집에 머물렀다 – 를 돌봐야 했다. 농익은 사과는 나무에 매달린 채 썩어갔고, 정원은 잡초와 벌레들의 차지가 됐다. 그리고 마을의 불량한 청소년들이 숨어 들어와 사랑을 나누고 담배를 피우거나 술을 마셨다. 배가 고픈 자들은 사과를 따먹고 담벼락에 오줌을 갈겼다. 루시는 정원의 소란을 감지했지만 해코지를 걱정하여 집 밖으로 나가지 않았다. 일 년여가량 이어진 소송이 모두 끝나고 첫째 아이가 집으로 돌아오자 루시 부부는 이틀 동안 집 안에 처박혀 꼼짝도 하지 않았다. 사흘째 되는 날 오후 루시 가족은 정원으로 나와 사과나무 앞에서 사진을 찍었다. 그리고 다음날 간단한 짐만 자동차에 싣고 어딘가로 떠나 두 번 다시 그곳으로 돌아오지 않았다. 그들의 소식이 잠시 들려온 건, 루시 부부에게서 벨라 증후군 퇴치 연구기금을 수령한 대학병원이 이 불치병의 원인으로 추정되는 유전자 메커니즘을 발견해냈다는 뉴스가 나왔을 때뿐이었다. 그 사이 마을 청소년들 사이에서 루시 부부의 집은 사랑과 일탈의 명소로 유명해졌다. 시청은 주민들의 원성에 등 떠밀려 루시 가족의 집을 구매하여 그곳을 마을 도서관으로 개조했다. 정원의 사과나무는 용케 자리를 지킬 수 있었으나 사과 잼과 차를 만들 수 있을 만큼의 열매를 더 이상 잉태해내진 못했다. 사과나무를 맴돌면서 비틀즈의 노래를 흥얼거리던 이웃들에겐 법적 소송을 통해 큰 부자가 된 루시 가족을 조롱하려는 의도가 다분했다. Lucy in the sky with diamonds, Lucy in the sky with diamonds, Lucy in the sky with diamonds.

고독한 순환을 즐기는 검은 유체

H는 17살 어느 날 갑자기 흑인이 됐다. 그러자 흑인은 태어나는 것이 아니라 만들어진다고 말한 여자[1]를 죽이고 싶었다. 하지만 수십 년 전 이미 그녀가 죽음으로써 치욕을 피했다는 사실을 알게 된 뒤부터 몹시 쓸쓸해졌다.

　　커피와 설탕, 초콜릿과 바나나, 목화와 담배, 다이아몬드와 축구선수가 국경을 건너 값비싸게 유통되는 한, 단 한 명의 흑인도 숨어들지 않은 가계도를 상상하는 건 더

---

1) 그의 일기에는 다음과 같이 적혀 있었다. "프랑스 여자의 예언대로, 흑인이 태어나지 않고 만들어지는 것이라면 세상은 이미 흑인들로 가득 찼을 테지만 실상은 그렇지 않다. 백인들은 흑인들의 수를 늘리지 않으면서도 생산성을 높이는 방법을 발명해왔다." 청소년 범죄심리학자인 최순용 박사는 그 프랑스 여자가 프랑소와 사강(Francoise Sagan)이라고 밝혔는데, 시몬 드 보부아르(Simone de Beauvoir)와 착각한 게 틀림없다.

이상 불가능하다고 핫산 씨는 주장했다. 심지어 북극의 툰드라나 몽골의 초원에서도 흑인은 어김없이 발견된다. 어쩌면 흑인은 공기가 희박하거나 땅이 척박한 곳으로 어둠과 추위가 지나갈 때마다 태어나고 있는지도 모른다. 하지만 섭씨 5천 도가 넘는 화장장의 불길에 몸을 말끔히 씻어낸 어머니의 전생까지 뒤적거리고 싶지 않았다.

그녀의 등껍질을 가르고 한 떼의 흰 나방들이 태어나는 과정을 H는 선글라스를 낀 채 처음부터 끝까지 지켜보았다. 그리고 각막염을 앓고 이틀 동안 어둠 속에서 침잠해 있다가 가까스로 시력을 회복했을 때 벽에 걸려 있는 검은 상복이 가장 먼저 그의 일생으로 날아들었다.

그것을 각인(刻印)이라고 하던가. 밤의 젖은 배설물처럼 세상으로 굴러떨어진 새끼들은 가장 먼저 발견한 대상을 제 어머니로 여긴다던가. 검은 상복을 제 어미 삼아 두어 번 입어본 뒤로 갑자기 흑인이 됐다는 H의 설명을 듣고 웃지 않을 자가 얼마나 있을까.

시디신 피로에 뼈가 녹고 있는 의사는 구부정하게 의자

에 앉아 수정체 위의 신기루들을 안약으로 대충 씻어낸 다음 말했다. 난 이틀 동안 겨우 네 시간만 자면서 세 명의 인간들을 살려냈다. 강제로 연장된 삶이 누구에게나 축복이 되는 건 아니겠지만 의사에겐 하찮은 죽음조차 묵인할 수 있는 권리가 없다. 그렇다고 인간을 연민해서도 안 된다. 그저 우리는 일용할 양식을 얻을 수 있을 만큼의 직업윤리에 충실할 따름이다. 흑인이 됐다고 해서 모두 응급치료가 필요한 것은 아니니까 안심하고 일단 집으로 돌아가거라. 적어도 급성 간염이나 급성 신부전증 때문은 아닌 것 같다. 멜라닌 색소가 부족하면 우울증에 잘 걸린다는 연구논문을 읽은 적이 있다만, 넌 흑인치곤 아주 명랑하구나. 흑인이 된 이상 더 나빠질 것도 없을 테니 이제 그만 나를 재워다오. 한 시간 뒤에 중요한 수술을 집도해야 한단다. 의사들의 평균 수면 시간이 인간의 평균 수명과 밀접하게 관련되어 있다는 사실만큼은 기억해주면 좋겠구나. 너를 도울 수 있는 자는 내가 아니라 네 부모님일 것 같다. 부모님께 진실을 물어보되, 너무 밝고 조용한 곳은 피하는 게 좋다. 진실은 빛이나 소리가 닿으면 쉽게 휘발하거나 변형되기 때문이다. 너는 아직 어려서 부모의 동의 없이는 유전자 검사를 신청할 수 없지만, 어떤 진실이라도 그것의 가치와 쓸모를 정확히 측정하지 못할 만큼 어린 것도 사실이니, 굳이 그걸 이해하거나 기억하려고 애쓸 필요는 없어.

혹시 유전자를 바꿀 수도 있나요? 수만 개의 유전자들 중에서 고작 두서너 개만 바꿔달라고 부탁드리는 거예요. 정확히 말하자면 원래대로 돌리는 것이겠죠.

원래대로 돌리자면 우린 모두 너처럼 흑인이 되는 게 맞겠지. 우리의 조상들은 아프리카의 어느 계곡에서 출발하여 시속 일 밀리미터 이하의 속도로 걸어서 여기까지 도착했으니까. 오늘밤 너의 귀가를 돕기 위해 그들이 얼마나 필사적으로 걸음마를 배웠을지 상상해 본다면 너는 더 이상 이곳에 머물러서는 안 된다. 집에 도착하는 즉시 따뜻한 물로 샤워를 하고 채소 위주의 식사를 마친 다음 조용한 방에서 일찍 잠을 청해 보거라. 따뜻한 우유도 숙면에 도움이 될 것이다. 만약 악몽이 방해하지 않는다면 내일 아침에 넌 이전의 모습으로 돌아갈 수도 있겠지. 하지만 네가 불평을 멈추게 되는지는 모르겠구나. 황색인이 됐다고 해서 흑인보다 더 유리한 세계에서 살게 되는 건 결코 아닐 테니까. 만약 네가 내일 아침 뉴올리언스 공항 같은 곳에서 잠을 깬다면, 황색 피부보다 검은 피부를 더 감사하게 되지 않을까. 그리고 너는 즉각 네 운명이 닿아야할 목적지를 깨닫게 될 것이다. 의사인 날 믿으렴.

하지만 샤워와 채식과 숙면은 H를 황색인으로 돌려놓지 못했다. 오히려 부작용처럼 그의 오감(五感)은 더욱 예민해져서, 경멸의 시선으로 힐끗거리고 그악스러운 표정으로 수군거리는 황색인들을 자신의 주변에서 더 많이 발견하게 됐다. H는 그들을 모조리 바닥에 꼬꾸라뜨리고 싶었지만 그가 다가간 거리만큼 물러서는 그들의 반응으로부터, 만유의 질서를 유지시키는 힘은 인력이 아니라 척력이라는 사실을 확인했을 따름이다. 결국 그는 이어폰으로 자신을 격리시킨 다음 낯익은 일상의 최외곽 궤도를 검은 유체(流體)처럼 고독하게 순환하기 시작했다. 붙잡을 것도 없었고 붙들릴 것도 없었다. 뜻을 알아들을 수 없는 음악은 그의 내부를 비웠다. 날파람에 일그러지는 풍경만이 그에겐 안전하게 생각됐다.

태양계에서 쫓겨난 명왕성에 134340이라는 명칭이 부여됐다는 이야기를 듣고, H도 자신이 태어난 날부터 오늘까지의 날짜를 세어 그것으로 하루 동안의 이름을 삼고 다음날 맨 끝자리 숫자를 하나씩 올리는 방식으로 이름을 바꾸다가, 한 달을 채우지 못하고 포기하고 말았다. 자신이 살고 있는 기괴한 세계에서는 숫자마저도 순서대로 정렬할 것 같지 않았기 때문이다. 가령 17 다음의 숫자가 12이거나 38일 수도 있었고, 17이 모든 숫자의 마지막일 수도 있었다. 그러니 명왕성 앞에 발견된 134,339개의 왜소행성들은 모두 고독하게 순환하고 있을 게 분명했다.

17살이라는 나이는 흑인으로 만들어지기에도 너무 늦은 나이가 아닌가. 차라리 유태인이나 중국인이라면 또 모를까.

흑인으로 역사를 시작한 인류의 일부는 어떻게 해서 황색인이나 백인으로 변신할 수 있었을까. 하지만 변이는 있어도 우열은 없었다. 아직까지 아프리카에 남아 있는 인류의 조상에게 아메리카를 선물하거나, 신의 봉인을 뜯어내고 유전자를 자유롭게 조작할 수 있는 권리를 허락하거나, 나폴레옹이나 히틀러를 할렘가의 흑인으로 다시 태어나게 한다면, 인류의 역사는 한 세기 뒤에 무엇으로 채워질 것인가.

17살에 흑인이 된 소년이 진정한 흑인으로 존중받으려면 1.상처와 2.부조리와 3.유대감과 4.용기와 5.육체와 6.진혼과 7.목적과 8.문신과 9.여자와 10.환각 따위가 필요하다.

1.상처: 죽은 자들의 원한은 산 자들에게 허기로 찾아온다고 어머니는 말했다. 그래서 명치끝이 아릴 때마다 H는 급우들의 주머니를 털어서라도 음식을 마련해서 죽은 자들에게 바쳐야 했다. 하지만 시시포스의 바위는 제자리로 밀려오기 일쑤였고 그때마다 그는 삼킨 것보다도 더 많은 양의 자신을 게워내느라 기진맥진해졌다. 흑인 아버지의 살점이 토사물 속에 섞여 나오기도 했다. 세상의 모든 아버지는 집 밖의 자유와 집 안의 권위를 동시에 동경하는가. 어머니는 모유 수유를 거부하면서까지 그의 영원재귀를 막으려 했지만 인간은 고작 조상의 비극을 후대에 실어 나르는 숙주에 불과해서, H는 단숨에 그녀의 일생을 공백으로 만들어버렸다. 발작과도 같은 허기는 반추의 습성 때문에 더욱 심해졌는지도 모른다.

2.부조리: 흑인의 인권을 발명한 곳은 아프리카가 아니라 아메리카다. 아프리카는 낙태를 허용하지만 아메리카는 인종차별이 금지되어 있다. 아프리카엔 전쟁터가 많고 아메리카엔 감옥이 즐비하다는 사실을 들어, 아메리카가 아프리카의 미래라고 말하는 자들도 있다. 하지만 이 불평등한 상황은, 커피와 설탕, 초콜릿과 바나나, 목화와 담배, 다이아몬드와 축구선수가 아프리카에는 많고 아메리카에는 적기 때문이다. 아니 더 정확히 말하자면, 아프리카에는 노동자들만 있고 아메리카에는 자본가들만 있기 때문이다. 그래서 흑인이 된 이후부터 H는 커피와 설탕과 초콜릿과 바나나를 먹지 않는다. 자신의 일생에서 모래알 크기의 다이아몬드조차 결코 발견되지 않으리라는 걸 그는 잘 알고 있다. 하지만 담배와 축구만큼은 결코 포기할 수 없어서 짧은 위안 뒤엔 늘 무거운 자괴감이 차꼬처럼 그의 자유를 제한했다.

3.유대감: 백인 범죄학자들은 흑인이 그림자와 죽은 사람을 자신과 동일시하기 때문에 흉악한 범죄를 저지르고도 죄책감을 느끼지 못한다고 주장하면서, 개인의 자유의지에 따라 선택된 언행조차도 역사와 집단 논리의 결과로

설명하려는 습관이 흑인을 잠재적 범죄자로 타락시키고 있다고 개탄한다. 반면, 백인은 어려서부터 원죄의식과 개인주의를 교육받기 때문에 스스로 범죄를 예방할 수 있는 능력을 지니고 있다는 게 그들의 통념이다.

4. 용기: 이 반의 검둥이가 누구냐? 오로지 발차기만으로 인근 고등학교의 경쟁자들을 모조리 쓰러뜨렸다는 3학년 선배가 점심시간에 H를 찾아왔다. 그때 H는 너무 허기져서 고개를 들 힘조차 없었다. 그렇지, 모름지기 사내자식이라면 이 정도의 배짱은 있어야지. 그리고는 벼락같은 발차기가 이어졌다. H는 전혀 고통을 느끼지 못했으나 소란을 멈추기 위해서라도 패배자처럼 교실 바닥에 잠시 드러누워 있어야 했다. 왜 약자에겐 또 다른 약자의 희생이 필요한 것일까. 그러다가 문득 흑인의 재능은 오직 고통을 통해서만 단련된다는 사실을 깨달았다. 네가 이 반에서 가장 악명 높다는 검둥이냐? 역사 선생이 책상 위에 늘어져 있는 그를 일으켜 세웠다. 그러자 H는 허공을 향해 벼락같은 발차기를 날렸다. 누군가를 쓰러뜨리기 위해서가 아니라 자신이 흑인으로 살기 위한 최소한의 공간을 확보하려 했을 따름이다. 그 뒤로 그는 어느 누구에게도 고독을 방

해받지 않았다.

5.육체: 흑인은 인간의 육체적 한계를 새롭게 규정하기 위해 스포츠에 참여한다. 하지만 H의 검은 육체는 교내 운동부 코치들의 기대를 전혀 만족시키지 못했다. 치욕 속에서 그는 흑인 운동선수들이 왜 금지약물의 유혹에 쉽게 빠져드는지 이해하게 됐다. 오늘날의 스타디움은 노예 해방령에 저항하기 위해 세워진 21세기의 커피 농장이자 목화밭이고 다이아몬드 광산이다. - 백인 노예상인의 체계적인 유전자 개량 덕분에 오늘날 아메리카 흑인 운동선수들이 부자가 됐다고 주장하는 자들이 아주 많다. - 원형 무대에서 흑인끼리 흘리는 땀과 눈물은 관람석에 앉은 백인에게 팔려 환희로 소모된다. 패배를 이분법적 세계에서 늘 일어나는 평범한 사건으로 너그럽게 받아들이는 관중은 단 한 명도 없다. 경기 규칙이 더욱 복잡하고 잔인해질수록 승자에게 약속된 열매는 더욱 달콤해진다. 자신과 가족의 인생이 몽땅 내걸린 단판 경기에 참여하기 위해 수년째 비참한 현실을 견디고 있는 흑인 선수들은 얼마든지 있다. 검은 상품들은 무한히 복제되고 소비된다. 슬럼프에 빠진 흑인 고소득자들에게 나눠줄 자비심은 없다. 일단 추락을

시작하면 항상 흑인이 백인보다 바닥에 먼저 닿는다. 사다리를 기대하는 건 어리석은 짓이다. 그래서 H는 오직 자신에게만 쓸모 있는 재능을 단련시킨 끝에, 고양이에게나 겨우 허락된 공간에까지 자신을 통째로 숨길 수 있게 됐다.

6.진혼: 어머니의 죽음 이후 그의 목소리를 들은 이가 거의 없다는 사실로부터 H는 친구들에게 괴물로 불렸다. 하지만 어머니의 장례식을 도와준 목사는 H가 적그리스도의 사제가 되는 걸 걱정하여 교회로 불러들였다. 성가대 일원으로서의 흑인의 존재는, 미개의 아프리카 대륙을 전도의 최종 목적지로 간주하고 있는 황색 목회자들의 허영심을 고무시키기에 충분했다. 하지만 성가대의 맨 앞줄에 서서 입을 꾹 다문 채 껌을 씹거나 다리를 떨고 있는 H에게 신도들의 날 선 훈계가 이어졌고, 목사마저 H를 개종시킬 문구를 성경에서 찾지 못하자 용서의 권한을 그리스도에게 반납했다. 저주와 함께 H는 다시 괴물처럼 자유로워졌다. 그래도 가끔 어머니를 기억하고 싶을 때마다 그는 이어폰을 낀 채 교회 주변을 어슬렁거리면서 몇 시간이고 유행가를 반복해서 들었다. 죽은 자들 역시 무용한 추억 때문에 고통받고 있을지도 모르니까.

7.목적: H는 일식 요리사가 되어 서슬 퍼런 칼 한 자루로 지상의 모든 종류의 허기와 대적하고 싶었다. 그래서 가방 속에 중고 어류도감을 항상 넣고 다녔다. 하지만 흑인으로 변신한 이상 생의 목적을 수정하지 않을 수 없었다. 얇은 생선살을 다루기에 흑인의 손바닥은 너무 두껍고 손가락은 너무 뭉뚝한데다가 검은 피부는 비위생적인 장갑으로 오해받기 십상이기 때문이다. 그래서 그는 고등학교를 졸업하자마자 아메리카로 떠나야겠다고 다짐했다. - 의사선생은 아프리카가 인류의 고향이라고 말했지만, 고향은 죽음을 앞둔 자들에게만 은신처와 무덤을 제공해 줄 수 있을 뿐이다. - 그곳이라면 적어도 제 몫 이외의 운명 때문에 좌절하는 법은 없겠지. 그래서 그는 어류도감을 버리고 재래식 무기 같은 영한사전으로 재무장했다. 하지만 모국어로는 결코 완벽하게 번역할 수 없는 아메리카를 혼자 힘으로 이해하기에 그는 너무 어리거나 또는 너무 어리석다고 생각했다. 아메리카의 이민자들에게 그처럼 정상적인 단어들이 그토록 많이 필요할 것 같지도 않았다. 그래서 그는 일단 성인(成人)부터 되기로 마음먹었다.

8.문신: H는 오른쪽 팔뚝을 아프리카의 선조들에게 기

증하기 위해 문신 시술소에 들렀다. 목덜미에 루시퍼의 양 날개를 그려 넣은 주인은 1분쯤 침묵하다가 겨우 입을 떼었다. 어린 친구여, 넌 문신을 새기기에 충분한 나이가 됐지만 안타깝게도 근육이 너무 부족하구나. 모름지기 흑인이라면 팔뚝 위의 문신만으로도 운명과 맞설 수 있어야 한단다. 오늘부터 두 달 동안 여기서 꼼짝하지 않고 너를 기다려 줄 테니 근육을 채워 오거라. 그러면 결코 잠들지 않는 문신으로 네 운명을 가득 채워주마. 그 뒤로 세상은 더 이상 너를 고독하게 만들지 못할 거야. 그래서 H는 피트니스 클럽에 등록하고 단백질 보충제까지 샀다. 하지만 운동 기구들은 하나같이 라만차 언덕의 괴물들 같아서 그가 홀로 상대해서 승리하기에는 역부족이었다. 게다가 단백질 보충제가 창자 속을 갈퀴처럼 긁고 내려가면서 밤새 복통과 설사를 번갈아 일으켰다. 오른쪽 팔뚝은 수탈당한 아프리카처럼 점점 더 메말라갔고 결국 H는 한여름에도 소매를 걷을 수가 없었다.

9.여자: 흑인이 된 이상 H는 비극적 유전자를 대물림하고 싶지는 않았다. 성기가 부풀어 오를 때마다, 그것을 루이 16세의 목처럼 기요틴 아래 걸쳐놓고, 연민도 없고 추

억도 없고 윤리도 없이, 무표정한 얼굴로 칼날을 추락시켜
줄 여자가 있었으면 좋겠다고 생각했다.

10.환각: 소외된 자들이 세상 밖으로 나가거나 세상의
구석으로 숨는 방법이라곤 오직 환각 물질을 소비하는 것
뿐이다. 그런 뒤에야 비로소 그들은 가족을 되찾고 친구를
사귀고 동지를 규합할 수 있다. 그래서 H는 청소년을 대
상으로 바른생활 운동을 주도하고 있는 시민단체의 홈페
이지에서 환각 물질 목록을 검색한 다음 인터넷을 통해 그
것들을 주문했다. 하지만 그에게 배달된 소포 안에는 설탕
한 봉투와 비타민제 10정, 담배 한 갑이 들어 있었고, 그걸
판매한 사이트의 운영자와는 끝내 통화할 수 없었다.

진정한 흑인으로 거듭나기에는 여전히 불리한 조건 속
에 매몰되어 있다고 판단한 H는, 17년 동안 황색 피부 아
래 갇혀 있었던 오르페우스를 해방시키기 위해 이태원으
로 이사했다. 세간이라고 해 보았자 불에 타거나 물에 젖
는 것들이 전부였으므로 그의 삶은 번개와 소나기에 취약
했다.

이태원의 옥상에서 검은 상복을 태우던 새벽에도 한 떼의 나방이 그를 둘러쌌다. 물론 그것들이 상복에서 태어난 것인지, 아니면 불빛을 찾아 모여든 것인지는 분명하지 않았다. 불씨가 완전히 사라지기도 전에 미궁 같은 어둠에 갇힌 까닭도 각막염 때문인지 아니면 슬픔 - 원혼의 허기에 불과한 - 때문인지 구분할 수 없었다. 개기일식이 일어났을 수도 있고 꿈 없는 잠을 잔 것일 수도 있다. 하지만 황색인으로 돌아가는 길을 발견하기에 그곳의 밤은 너무 밝고 짧고 시끄러웠다.

　실정법의 조항이 늘어날수록 판결의 오류도 함께 늘어나기 때문에, 한 명의 피의자를 구속하기 위해선 수십 명의 수형자들을 석방할 수밖에 없다는 논리가 가능해졌는데도, 법관들은 여전히 모든 범죄를 사회적 부조리와 개인의 부적응으로 설명하려 든다. 그러니 누군가 나서서 막힌 하수구를 뚫어주지 않는다면, 수상쩍은 선의들로 가득 찬 도시는 거대한 오물통으로 변할 것이고 그 속에서 인간들은 더 많은 오물을 차지하기 위해 서로를 죽이거나 먹어치울지도 모른다. 혹시 인류가 역사의 처음과 끝에 도달했을 때 필연적으로 흑인으로 변신하는 건 아닐까. 그리하여 작

금은 백인이 흑인의 무지와 공포심에서 금을 캤던 방식대로 백인의 허위와 비겁으로부터 흑인이 금을 캐낼 차례이며, 흑인 갱스터보다 더 전도유망한 직업은 없다고 H는 확신했다. 게다가 피 묻은 자신의 몸을 폐쇄카메라의 사각지대에 급히 숨길 수 있는 능력이 그에겐 있었다.

〈마꼰도의 오렌지나무〉의 미스 바하마는, 인종차별금지법이 아메리카 법체계의 최상위를 군림하고 애국심을 증명하려는 유색인들이 군대로 몰려들면서부터, 한국 전쟁 이후로 이 땅의 모든 흑인에게는 인큐베이터와도 같았던 〈바하마의 물개〉와 자신의 허벅지에, 미증유의 유해곤충처럼 낯선 언어와 습관을 지닌 히스패닉 군인들이 아메리카로부터 이 땅으로 날아들기 시작하더니, 결국 〈바하마의 물개〉라는 간판이 〈마꼰도의 오렌지나무〉로 바뀌게 됐다고 설명했다. H에겐 히스패닉이 히스 페니스(His Penis)로 들려서, 밤마다 힘겹게 성전(性戰)을 벌이고 있을 미스 바하마를 상상하지 않을 수 없었다. 그러면 양쪽 관자놀이에서 붉은 뇌수가 흘러나와 발바닥이 뜨겁게 젖었다. - 그래서 그는 오렌지를 금식 목록에 추가했다. - 만약 21세기의 노예상인들이, 가령 연예기획사 사장이나 프로구단의 스

카우터들이 팔을 걷고 나서서 아프리카의 검은 장물을 직접 수입해오지 않는다면 이 땅에 남아 있는 흑인마저도 근친교배의 늪에 빠져 조만간 멸종할 것이라는 미스 바하마의 이야기를 듣고, H는 아메리카를 상대로 기꺼이 선전포고를 하고 싶었다. 하지만 아메리카가 전쟁을 불사하면서까지 이 땅에서 탐낼 것이라곤 미스 바하마밖에 없었으니 불완전한 흑인에 불과한 H의 도발 따윈 간단히 무시될 게 분명했다.

근친교배로 대를 이었다는 성경 속의 종족[2]은 혈맥이 끊긴 지 이미 오래다.

메이플라워호가 도착하기 전까지 아메리카의 주인은 퓨마 - 쿠거라고도 불리는 - 였으나 이민자들에게 서식지를 빼앗기자 아메리카의 맹장과도 같은 플로리다로 숨어들었다. - 그래서 훗날 플로리다 팬더로도 불렸다. - 멸종 위기에 내몰리자 인간들은 보호 구역을 설정하고 개발을 유예

---

2) "보라, 어젯밤에는 내가 내 아버지와 동침했으니, 오늘밤에도 아버지가 포도주를 마시게 하여 네가 들어가서 아버지와 동침하라. 이는 우리가 아버지의 씨를 보존하기 위함이니라." 창세기 19:31~36

시켰다. 그 덕분에 퓨마, 쿠거, 또는 플로리다 팬더는 인공 낙원에서 근친교배를 통해 개체수를 늘려가는 듯했으나, 연쇄적인 기형과 전염병 때문에 위기감은 조금도 줄어들지 않았다. 차라리 최신 설비를 갖춘 동물원에 가두고 장기적인 보존 프로그램에 따라 전문가들이 매일 그것들의 허기와 번식을 세심하게 관리하는 편이 멸종을 막는 데 훨씬 효과적이라는 주장도 힘을 얻었다.

백인의 폭력에 맞서 흑인은 1965년 캘리포니아에서 블랙 팬더스라는 자경단을 결성하고, 검은 퓨마가 그려진 깃발 아래로 행진하면서 더 이상 순응과 기도의 방식만을 고수하지 않겠다고 표명했다. 만약 그들의 조직적 저항이 아메리카에서 두 번째 흑인해방선언을 이끌어낼 수 있었더라면, 그토록 많은 흑인들이 베트남 전쟁에서 죽어가지 않았을 것이다. 하지만 신성한 폭력의 목적과 방법을 두고 흑인들끼리 반목하면서 블랙 팬더스 역시 아메리카 역사책의 귀퉁이에 처박히고 말았고, 그들의 실패에서 파생된 여러 단체들도 똑같은 운명을 맞이했다. 반면 흰 두건을 뒤집어쓰고 양손에 각각 무기와 십자가를 쥐는 것만으로 내부강령의 모순을 간단하게 해결한 KKK는 지난달에도 테네시 주 한 농장에 모여 인종차별금지법을 폐기시키기 위한 시위를 주도했다. 백인이 흑인보다도 더 흑인처럼 행동할 수 있다는 게 놀라울 따름이었다.

아메리카 흑인의 우성 유전자가 백인 노예상인의 위대한 발명품이라고 주장한 개자식이 〈마꼰도의 오렌지나무〉의 문을 열고 제 발로 찾아와 준다면, 설령 발목 높이까지 그 개자식의 피와 오물이 차오르더라도 입술을 빨거나 눈물을 훔치지 않고 껌을 씹거나 수음을 하면서, 이따금 허공에 발차기도 하면서, 인류의 역사가 왜 흑인에서 시작되어 흑인으로 마무리되는지 분명하게 가르쳐 줄 수 있을 텐데.

그러고도 여전히 흑인 갱스터의 신분으로, 러시아제 총알에 심장의 리듬이 멈추지 않고, 독주나 약물에 뇌가 얼음처럼 녹아내리지 않으며, 가난이 윤리의 재갈을 풀어헤치지 않은 채 스물한 살까지만 살아남을 수 있다면, H는 첫눈에 반한 – 이것도 각인(刻印)이라고 할 수 있지 않을까 – 미스 바하마 앞에 무릎을 꿇고, 금을 녹여 붙인 어금니 하나를 즉석에서 뽑아 바치면서 그녀에게 청혼할 것이다. 멸종에 치닫는 동안 H를 열광시킬 주제는 단 두 가지뿐일 것이다.

죽음과 사랑. 즉 죽음을 향한 사랑, 사랑을 위한 죽음, 그리하여 사랑의 죽음까지. H가 갱스터가 된 까닭이나, 미스 바하마가 오렌지처럼 단단한 허벅지로 십여 년째 미군들과 외로운 성전을 벌이고 있는 까닭도 결국 세상이 죽음과 사랑의 변증법으로 유지되고 있기 때문이 아니겠는가.

넌 흑인이 된 지 겨우 넉 달밖에 되지 않아서 잘 모르겠지만, 진정한 흑인이라면 언제든 동전을 던져 자신의 운명을 결정하고 그 결정을 평생 동안 지켜낼 수 있어야 하지. 설령 네가 바라던 선택이 아니더라도 결코 머뭇거려선 안돼. 그렇지 않으면 세상이 너의 운명을 결정해버릴 테니까 조심해야 해. 아직도 내 말을 이해하지 못하겠니? 그러니까 네게 죽음이 오직 검은색이듯, 사랑 역시 나 같은 흑인을 통해서만 가능하다는 말이야. 그나마 너는 운이 좋은 편이라고 할 수 있지. 이 땅에서 더 이상 흑인이 태어나지 않기 때문에, 설상가상으로 아시아라는 편견이 흑인의 자유로운 출입을 막고 있기 때문에, 이 땅에 갇혀 지내는 대부분의 흑인은 동성연애자나 성불구자가 될 수밖에 없을 거야. 아니면 근친혼 사실을 숨기기 위해 쥐며느리처럼 평생을 지하실에서 보내야 할 수도 있겠지. 우리가 이 땅을 아무 때고 자유롭게 떠날 수 있었다면 애당초 여기서 태어났을 리 없지 않겠어? 내 침대를 타고 아메리카 끝자락에라도 닿을 수만 있다면야 수만 개의 히스 페니스가 무슨 대수겠니? 남자들, 특히 권력자들이 자신의 성욕을 해결할 수 없을 때마다 크고 작은 전쟁을 세계 곳곳에서 일으키곤 했지. 넌 이제 백일몽에서 깨어나야 해. 샤워나 채식이나 꿈 없는 잠으로도 넌 더 이상 황색인으로 돌아갈 수 없어. 왜냐하면 황색인은 언제라도 흑인이나 백인으로 변할 수 있을 만큼 굉장히 불안한 존재이니까. 그리고 사랑과 죽음의 곤죽 상태인 나 역시 너 때문에 최근에 흑인이 됐다는 사실을 꼭 기억해 주면 좋겠어.

이런 이야기를 미스 바하마에게서 들었으면 행복하련만. 하지만 미스 바하마의 피부는 투명하다 못해 빛이 났다. 그녀는 결코 나 때문에 흑인이 될 리 없었고 동전을 던져서 자신의 운명을 결정할 만큼 어리석지도 않았다. H에게 사랑의 죽음에 대해 속삭였던 자는, 미스 바하마의 빛이 닿지 않은 곳에 조용히 서 있던 J였다. 그녀는 마치 자신의 안팎이 모두 검은색이라는 걸 확인시켜 주려는 것처럼 입을 쩍쩍 벌리면서 말했다. 흑인도 유태인처럼 역겨운

순혈주의자에 불과한가. 순혈주의자들에겐 낡은 경전과 복수가 허락될 뿐이다. 그리고 전쟁을 통해 그들은 가계도를 이어간다.

장미는 이슬람교보다 기독교에 가까운 상징이건만, J는 모스크에서 맨발로 걸어 나오는 무슬림에게 장미를 팔았다. 그리고 그것은 그녀의 또 다른 직업에 대한 환유이기도 했다. 하지만 유감스럽게도, 라마단의 밤 동안 무슬림이 기대하는 것은 기름진 음식이지 19살짜리 흑인 여자의 육체가 결코 아니었다. H의 눈에 J의 붉은 장미는, 마치 몸뚱이의 흰 살점을 가지런히 발라먹고 대가리만 남은 생선처럼 보였다. 그래서 H가 대가리 뼈를 씹어 삼키는 동안, 상징적으로 표현하자면 무슬림이 십자군을 제압하는 동안, J는 물끄러미 그를 올려다보았다. 그러고는 비린내를 없애라는 듯 H에게 담배 한 개비를 건네고 자신도 피워 물었다. 담배 연기가 섞이는 동안 언어는 시작과 끝을 찾지 못하고 혀끝을 맴돌았다.

그때부터 J는 H를 따라다니기 시작했고, H 역시 J를 그림자처럼 여기게 됐다. 그림자란 육신 없이 영혼만 지닌 채 태어나서 타인의 몸과 주위의 빛을 끊임없이 빌려야 하는 생명체가 아닐까. 몸이 자라면서 더 큰 고둥껍데기로 옮겨가야 하는 집게처럼, 그것도 영혼이 불어나면 더 큰 껍데기를 찾아 떠날 것이고 나중엔 정체를 전혀 알아볼 수 없게 되겠지. 잠시나마 H는 J를 기요틴 같은 여자로 의심했다가 이내 철회했는데, 그녀 앞에선 성욕 대신 허기만 준동했기 때문이다. 만약 J의 신호에 맞춰 칼날이 H의 성기 위로 떨어진다면, 붉은 피 대신 토마토케첩이 몸 밖으로 쏟아져 나와 구경꾼들을 즐거운 소란으로 빠뜨릴지도 몰랐다.

H는 미스 바하마를 히스패닉으로부터 보호하기 위해 자신을 아메리카 출신의 갱스터로 위장했다. ― 물론 그는 괴물처럼 아무 말도 하지 않은 채 덤덤한 표정과 간결한 몸동작만으로 자신의 의사를 표현했다. ― 그리고 코란과 1배럴의 석유가 남아 있는 한 아메리카의 저주로부터 결코 해방될 수 없는 무슬림과의 연대를 위해 기꺼이 알라를 영혼의 길라잡이로 받아들였다. 그렇다고 종교적 제약 때문에 술과 담배와 여자까지 끊을 생각은 전혀 없었다. 하지만 라마단의 고난을 간과한 게 큰 실수였다. 이틀 동안의 강제적 금식은 그의 이성을 마비시켰고, 모스크 앞을 지나는 소년의

햄버거를 빼앗아 먹으려다가 경찰에 붙잡히고 말았다. - 햄버거 역시 아메리카가 무슬림과의 전쟁을 정당화하기 위해 발명한 이데올로기는 아닐까. 그것의 속살을 헤집고 있는 혀는 분명 알라의 것이 아니다. - 이맘의 신원보증 덕분에 H는 흑인 갱스터가 아닌 흑인 무슬림으로 분류되어 훈방될 수 있었다. 하지만 일주일째 금식하고 있는 이맘 앞에서 혼자 해장국을 먹고 있자니 자신에겐 더 이상 현생의 영혼은 없고 전생의 그림자만 남아 있는 것 같아 서글퍼졌다.

태어나서 19살까지 이태원을 떠나본 적 없다는 J의 도움을 받아 - 그녀는 흑인으로 살아가는 데 필요한 10가지 항목 중 1.상처와 2.부조리와 3.유대감과 7.목적과 8.문신과 10.환각 등을 갖추고 있었다 - H는 자신의 일상 곳곳에 뇌관처럼 설치해 둘 흑인들을 찾아보았으나 흡족한 성과를 얻지 못했다. 나이지리아로 중고차를 수입하기 위해 일년에 두어 차례 입국해서 한 달씩 이곳에 머문다고 자신을 소개했던 흑인은 모텔에서 벌거벗겨진 채 경찰에 체포된 뒤에야 에스코바 카르텔의 마약 운반책이라는 자신의 진짜 신분을 드러냈다. 독일 출신으로 유명 나이트클럽에서 디제이를 맡고 있는 흑인은 새벽까지 술을 마시고 인사불

성인 상태에서 운전을 하다가 전봇대를 들이받았다. 다국적 초콜릿 회사의 아시아 영업을 담당하고 있는 흑인은 음식점에서 막사발을 훔치다가 발각되어 약식 기소됐다. 국제 대학농구대회에서 미국 대표로 참가하고 있는 흑인 선수는 자신이 마치 자본주의를 발명한 것인 양 거들먹거리며 길거리에서 여자들에게 치근댔다가 패싸움에 휘말렸다. 뉴올리언스 출신으로 알려진 흑인 색소포니스트는 J의 집요한 질문 공세에 슬그머니 고향을 오하이오로 바꾸더니 나중엔 완전히 모습을 감췄다. 아르헨티나 출신의 흑인 국제변호사는 끝까지 자신을 흑인으로 규정하지 않았다가 H의 공분을 샀다. 한국어를 배우기 위해 호주에서 유학 온 흑인 여대생은 너무 유복한 환경에서 자라난 탓에 사회의 모든 현상을 도전과 응전이라는 이분법적 도식으로만 해석하다가 J에게 뺨을 맞았다.

낙담한 H의 기분전환을 위해 J는 그의 오른쪽 팔뚝에 푸른색 나비의 문신을 새겨주었다. 하지만 러미널[3]의 환각에

---

3) Dextromethorphan hydrobromide. 브롬화수소산 덱스트로메토로판 성분으로 천식환자의 진해거담을 위해 주로 처방되며, 화학 구조상 모르핀과 유사하여 다량 복용할 경우 환각증세가 나타난다.

서 깨어난 H는 화를 억누를 수가 없었다. 운명과 대적할 수 있는 무기를 기대했건만 나비는 고작 인생무상의 탄식에나 어울리는 곤충이 아니던가. 게다가 지나치게 크고 화려한 날개 탓에 밀렵꾼에 의해 이미 멸종됐거나 머지않아 멸종될 것만 같았다. H가 어금니 사이에서 솟구치는 뜨거운 침을 게걸스레 삼키는 동안 J는 그의 그늘에 숨어서 격정이 수그러들길 기다렸다가 겨우 입을 떼었다. 그건 나비가 아니라 나방이기 때문에 달콤한 꿈 따윌 쫓진 않아. 윤회를 믿거나 소멸을 두려워하지도 않지. 칠흑 같은 밤이 그렇게 단련시켰어. 그래서 살아 있는 동안엔 죽음으로, 죽어 있는 동안엔 사랑으로 넌 구원받게 될 거야. 내가 너보다 더 오랫동안 흑인으로 살았으니까 내 말을 믿어도 좋아.

개연성은 무척 희박하지만, H가 이태원의 옥상에서 검은 상복을 태우던 새벽에 J 역시 그와 가까운 곳에서 나방들의 춤사위를 지켜보다가 각막염을 앓았을 수도 있다. 그때 정말 개기월식이 진행되고 있었을까. 하지만 J는 결코 황색인으로 돌아가는 꿈을 꾸진 않았을 것이다. 왜냐하면 적어도 이태원에선 황색인보다 흑인이 더 환영받기 때문이다.

그런데 그 푸른색 나방 한 마리가 마법처럼 H에게 4.용기와 5.육체와 7.목적을 한꺼번에 주입시켰다. 그렇지 않고서야 그의 정의로운 행동을 설명할 방법이 없다. 마침내 그는 자신의 인생을 혁명의 뇌관으로 사용할 수 있게 됐도다. 그리하여 아메리카에서 날아온 히스패닉 군인들이 미스 바하마의 팬티를 차지하기 위해 〈마꼰도의 오렌지나무〉를 통째로 흔들고 있는데도 눈길 한 번 주지 않고 그저 밀랍 같은 블루스 음악으로 귀를 막은 채 술잔을 비우고 있던 모든 흑인들을 대신해, H는 사건의 진앙지로 분연히 걸어 들어갔던 것이다. 급성 간염이나 급성 신부전증이 발작하여 그곳의 가짜 흑인들이 모조리 백인이나 황색인으로 변신하길 소망하면서. 그리고는 미스 바하마의 팬티를 쥐고 있는 히스패닉 군인의 정수리를 향해 맥주병을 힘껏 내리쳤다. ─ 나방의 날개 덕분인지 H는 공중으로 일 미터 이상 날아오른 뒤 거꾸로 처박혔다. ─ 둔중한 소리와 함께 붉은 피가 용오름처럼 솟아오르는 걸 지켜보면서 H는 가사(假死) 상태와도 흡사한 몽롱함을 느꼈다. 참호 안에 개처럼 늘어져 있다가 적의 기습을 받은 히스패닉 군인들의 비명과 다급한 발소리가 뒤섞이고 이름과 직책이 포함된 명령들이 빗발쳤다. 하지만 정작 맥주병을 맞고 쓰러진 자에게 응급처치를 시도하는 자는 없었다. 오렌지 꽃 향기에 이끌려 지상으로 올라왔을 때 H의 손에는 파리스의 사과와도 같은 권총이 쥐어져 있었다. 늦게나마 〈마꼰도의 오렌지나무〉 아래의 흑인들이 유대감을 회복하고 홍해처럼 일어나 성벽과 탈출구를 만들어 주지 않았더라면, H는 잉걸불로 뛰어든 나방보다도 더 비참하게 죽어갔을 것이다.

죽음을 향한 사랑, 사랑을 위한 죽음, 그리하여 마침내 사랑의 죽음까지. 흑인의 사랑엔 죽음이 전제 조건이라면 〈마꼰도의 오렌지나무〉 바깥은 모두 무덤이었으므로 굳이 멀리까지 도망칠 필요는 없었다. H의 다리가 분명 멈춰 섰는데도 몸은 어떤 힘 - 만유의 질서를 유지시키고 있는 척력 - 에 떠밀려 앞으로 나아갔고, 어둠의 끝에 이르러 J가 어떤 이름을 다급히 부르자 갑자기 백열등이 켜지고 철문이 열리더니 그들을 삼켰다. 그러고는 백열등과 철문은 어둠 속으로 다시 사라졌다. 이것은 엄연히 코란에 기록된 이야기이고, 코란은 우주의 시작과 함께 존재했다고 이맘에게 들었다.

적어도 라마단 기간 동안 만큼은 모든 무슬림이 알라의

자비를 공평하게 나누어 가져야 할 의무가 있으므로, 의류 공장 사장인 핫산 씨는 수상한 도망자들에게도 잠자리와 일거리를 내주지 않을 수 없었다. 대신 몇 가지 내부 규율들 - 가령 직원들에게 결코 말을 걸어서는 안 된다는 조항 따위 - 을 철저히 준수하겠다는 약속을 요구했다. 서울에 모스크가 하나뿐이고 흑인 무슬림이 희소하다는 사실을 떠올린다면, 핫산 씨와 H가 서로를 알아보지 못한다는 사실이 J에겐 이상하게 생각됐다. 핫산 씨는 라마단 성수기의 물량을 맞추느라 두 달째 예배당에 나가지 못했기 때문일 것이라고 둘러댔고, 라마단 수행이 모든 무슬림을 비슷하게 만드는 것 같다며 H가 핫산 씨를 거들었다. 무슬림에겐 음주와 고리대금과 거짓말이 금지되어 있는 이상, 무슬림이 아닌 J로선 거짓말을 그저 무시할 수밖에.

패션의 유행 기간은 점점 짧아지고 경쟁자들의 숫자는 점점 늘어나는 반면 저임금 노동자를 구하는 건 점점 더 어려워지고 있기 때문에, 소규모의 의류공장들은 높은 임대료에도 불구하고 대도시 내부에 위치하되 소음과 먼지로 인해 이웃들에게 피소되지 않기 위해 지하실이나 옥탑방으로 숨어들어야 했다. 입구와 창문의 틈새는 방음재로

틀어 막혀 있어서 도둑과 화재를 알리는 경보조차 이웃의 담을 넘어가지 않는다. 멍텅구리배 – 고성능 엔진이나 돛이 설치되어 있지 않아서 뱃사람들이 직접 노를 저어 이동해야 하고 일단 닻을 내리면 한 곳에 며칠씩 출렁거리면서 그물 작업을 해야 하는 – 라고 명명된 작업실은 10대의 재봉틀과 4대의 선풍기와 1대의 전화가 끊임없이 쏟아내는 소음과 먼지, 음식과 땀과 곰팡이 냄새, 형광등의 열기와 방바닥의 냉기 사이에 떠 있었고, 배 안에서 하루에 16시간씩 일하는 뱃사람들의 피부색은 생의 준엄한 의무조항들로 코팅되어 하나같이 푸른색이었다.

흑인이라서 게으르다든지, 무례하다든지, 멍청하다는 핀잔을 듣고 싶지 않았기 때문에, 그보다는 살인자를 찾고 있는 경찰의 갑작스런 방문을 피하기 위해, H는 핫싼 씨가 하루에 5번씩 멍텅구리배를 내려가 기도를 하는 동안에도 갑판에 남아 일을 했다. 그것은 무슬림의 신성한 의무를 어기는 행동이었지만, 그는 건강상의 이유로 예외를 인정받을 수 있었다. 게다가 J의 체력은 종이상자를 나르는 일조차 떠맡을 수 없을 정도로 허약했으므로 H는 그녀의 몫까지 일하지 않으면 안 됐다. 그가 가짜 유명상표의 운동

복을 50벌씩 상자에 담아 쌓는 동안 - 거짓말을 금하는 코
란이 핫산 씨의 사업을 어떻게 묵인했는지 도무지 이해할
수 없다 - J는 벽에 기대어 서서 졸거나 휘파람을 불었다.
그러다가 식당에서 빵을 훔쳐와 H의 입에 넣어주기도 하
고 식곤증을 일으키는 벌레들을 잡아주는가 하면 멍텅구
리배 바깥의 소식들을 전해주기도 했다.

　이태원의 술집에서 살인사건이 일어났다는 소문이 멍텅
구리배 안까지 흘러들어왔다. 언제 어디서든 사람들은 죽
지만, 이태원의 이방인과 관련된 죽음은 하나같이 동기가
모호했고 결과는 처참했다. 자연스레 새로운 수습 선원들
이 의심받았다. 하지만 히스패닉 군인, 그것도 하사관이 고
작 맥주병에 머리를 맞고 죽을 확률이란 오렌지나무가 우
박을 맞을 그것보다도 훨씬 낮았다. 제 핏자국 위에 쓰러
져 있으면서도 모자를 찾던 군인을 H와 J는 똑똑히 기억한
다. 그러니 살인사건은 그들의 기억과 전혀 상관없는 곳에
서 일어났는지도 모른다. 게다가 H와 J의 주머니 어디에서
도 더 이상 권총 - 파리스의 사과 - 이 발견되지 않았다. 급
히 홍해를 가로질러 나오다가 떨어뜨린 게 분명했다. 그렇
다면 〈마꼰도의 오렌지나무〉에서 블루스 음악을 듣고 있

는 흑인 중 한 명 – 파리스 – 이 그것을 집어 들고 추적자들을 향해 방아쇠를 당겼을 수도 있지 않을까. 시체와 경찰들이 모두 사라진 뒤 미스 바하마 – 헬레네 – 는 검은 영웅을 위해 잠 없는 밤을 기꺼이 선물했을지도 모른다.

마침내 라마단의 달이 이울자 핫산 씨는 건기(乾期)를 앞둔 코끼리처럼 음식을 먹어치우기 시작했고 포만감은 그를 더욱 공격적으로 만들었다. H의 일거리가 두 배로 늘어났는데도 처우는 조금도 나아지지 않았다. 핫산 씨가 하루에 5번씩 기도를 하는 동안에도 H에게는 1개비의 담배를 겨우 해치울 수 있는 여유가 주어졌을 뿐이다. 등짝의 통증 위에 누울 수 없는 밤에는 변기에 앉아, 살인사건의 소문을 시작한 자가 핫산 씨일지도 모른다는 추측을 조금씩 완성해갔다. 불법체류 상태인 이주노동자들에게서 여권을 빼앗고 중노동을 강요하면서도 법적 최저임금조차 지불하지 않는 악덕 사장들이야 도처에 널려 있으니까. – 노예상인들에게 끌려온 흑인들이 신대륙 곳곳에 목화밭과 커피농장과 금광을 건설한 과정도 이와 크게 다르지 않다. – 걷잡을 수 없는 의혹들을 한 줄로 꿰어보니 진실은 고작 신념의 문제로 귀결됐다. 형광 불빛 아래에 하루 종일 쭈

그리고 앉아서 실밥을 뜯거나 재봉선을 연결하는 멍텅구리 뱃사람들에게 현실감은 옷감 한 장의 두께보다도 얇았고, 피부색은 유행에 따라 어떤 색으로든 염색할 수 있는 특징에 불과했다.

멍텅구리배의 뱃사람들과 흑인 사이의 연관성을 열거해 보자면 아래와 같다.

1.상처는 기억을 잠식했다. 2.부조리란, 예고치 않은 정전이나 단수, 또는 쌀독의 바닥이 드러나거나 변기가 막혔을 때 혀끝에서 잠시 자라나는 단어이다. 3.식당 바닥에 밥상과 이부자리를 번갈아 펼쳐야 하는 자들에게 유대감은 땀띠와 욕설을 유발한다. 4.수년 동안 멍텅구리배 위에서 자살한 자는 단 한 명도 없다. 5.매일 16시간씩 웅크린 채 손발을 놀리고 있는데도 그들의 육체는 여전히 의지에 따라 자유자재로 휘어진다. 6.하루 종일 디젤엔진 소리처럼 들려오는 재봉틀 소리 속에서도 그들은 트로트를 흥얼거릴 수 있다. 7.뱃사람들의 어휘는 폐쇄된 공간에서 특수한 목적으로만 사용된 탓에 어원을 추적할 수 없다. 8.그들의 문신은 굳은살이나 손톱 아래에 섭새겨져 있어서, 설령 화마

에 육신이 짓뭉개진다고 하더라도 신원을 증명해 줄 수 있다. 9.기요틴 같은 여자 – 또는 남자 – 의 역할은 핫산 씨가 직접 담당한다. 10.갑판에 비치해둔 진통제는 마약 성분 때문에 오래전부터 판매가 금지됐건만 여전히 뱃사람들에게 제공되고 있다.

H는 멍텅구리배의 선장실에서 손발이 묶인 채 최후 변론을 하는 핫산 씨의 공포를 상상했다. 무슬림인데도 부당한 방법으로 돈을 벌고 그것을 이웃들과 나누지 않은 게 그의 중죄이다. 그렇다고 그의 생명까지 빼앗진 않을 것이다. 그의 몫이 아닌 재산과 자유를 뱃사람들에게 골고루 나누어 주고 J를 고아원으로 돌려보낸 다음 자신은 혼자서 아메리카로 떠날 것이다. 이 계획을 성공적으로 실행하려면 무엇보다도 뱃사람들의 전폭적인 지원이 필요했다. 라디오를 빼앗는 것만으로도 충분하지 않을까? H가 맥주병으로 히스패닉 하사관을 죽였다는 소문을 믿게 됐는지 J는 근심 어린 표정으로 H에게 이렇게 말했다.

멍텅구리배의 갑판장은 핫산 씨의 책상 위에 놓여 있는 라디오이다. 그것은 두 개의 스피커를 통해서 매일 같은 시간에 같은 명령을 내렸다. 그러면 뱃사람들은 일제히 일을 시작하고 끝마치는 것이었다. 가령 갑판장이 주부들의 편지를 읽는 동안 하루치의 옷감이 분배됐고, 올드 팝송이 안개처럼 흘러간 자리엔 형 뜬 옷감들이 쌓였다. 식당 안까지 들려오는 갑판장의 구령 소리에 맞춰 뱃사람들은 숟가락으로 파도를 지치고 식탁을 전진시켰다. 10대의 재봉틀이 10기통 디젤 엔진처럼 돌아가는 오후에는 트로트 가수들을 초청하여 식곤증을 덜어주었고 퇴근 시간의 교통 상황에 맞춰 덜 막히는 쪽으로 재봉선을 옮겨 주는 것도 갑판장의 몫이었다. 스팀다리미에서 뿜어져 나오는 증기 때문에 갑판장의 목소리가 우수에 젖기도 했다. 그는 이따금 야근을 독려하기 위해 프로야구를 중계하기도 했는데 투견장에서나 어울릴 법한 욕설들을 연발하는 바람에 뱃사람들의 손가락을 위험하게 만들었다. 마지막 뱃사람까지 잠자리로 돌아가면 비로소 핫산 씨는 갑판장의 틀니와도 같은 채널조정 다이얼을 뽑아 강제로 침묵시킨 다음 하루를 마감했다.

수피교도 같은 핫산 씨가 어쩌다 외출을 하게 될 때면 J는 선장실로 불려가 갑판장의 틀니와 1.5볼트 건전지 2개를 건네받으면서 섬뜩한 경고를 들어야 했다. 네가 정해진 시간에 채널을 바꿔주지 않는다면 저 사람들은 가위로 서로를 공격하거나 너의 얼굴에 뜨거운 다리미를 들이댈지도 모른단다. 저들에게 살인은 명예로운 임무다. 그리고 너의 부주의가 내게 끼친 손해를 갚지 않고선 넌 마음 편히 죽을 수도 없다는 사실을 명심해라. 말만으로는 부족했는지 손바닥으로 J의 목덜미를 서너 차례 때린 뒤에야 핫산 씨는 멍텅구리배의 출입문을 밖에서 잠그고 외출을 했고, J는 속옷에 오줌을 지리면서까지 선장실을 떠나지 않았다.

라마단 이후 핫산 씨의 외출이 부쩍 잦아졌는데도 10명의 뱃사람들은 갑판장의 지시에 전혀 저항하지 않은 채 노예의 일상을 작동시킬 따름이었다. 결국 H는 선장실로 숨어들어가 J를 밀치고 갑판장을 힘으로 제압했다. 그리고는 단숨에 지구의 회전 방향을 바꾸려는 듯 채널 조정다이얼을 힘껏 돌렸다. 갑판장의 발작에 놀란 뱃사람들이 갑판 위에 꼬꾸라지더니 토악질을 해대기 시작했다. 절단선에서 벗어난 가위는 유리창에 박혔고, 다리미는 주름 위에 또 다른 주름을 새겨 넣었다가 뱃사람들의 손등에까지 닿았다. 방향감각을 잃은 재봉틀의 바늘은 옷감들을 뫼비우스 띠로 묶었다. 혼란에 속수무책인 건 H와 J도 마찬가지였다. 선상폭동의 살기를 감지한 H는 J의 손을 붙잡고 선장실 안쪽으로 물러서면서 면도칼을 쥐었다. 중과부적인 싸움에서 살아남으려면 적의 우두머리를 골라내어 단숨에, 그리고 끝까지 공격해야 한다. 우두머리야말로 조직의 아킬레스건이기 때문이다. H는 고양이에게나 겨우 허락된 공간에다 자신을 통째로 숨길 수 있는 능력이 있었으나 J는 그럴 수 없었으므로, 하는 수 없이 H는 J를 끌어안은 채 결정적 순간을 침착하게 기다렸다.

인샬라, 알라가 뜻하는 대로. 그것은 언제나 기적. 알라는 지극히 위대하시다. 알라 외에 다른 신이 없음을 맹세하노라. 무슬림이 아닌 J가 중얼거렸다.

하지만 내장을 모두 쏟아내고 젖은 빨래처럼 갑판 위에 늘어진 뱃사람들에게서는 살인이나 자해의 의지를 발견할 수 없었다. 겨우 팔다리를 흐느적거리면서 그들은 일제히 웅얼거리기 시작했는데, 오랜 합숙 탓인지 그들의 음량과 음색과 높낮이가 거의 같아서 H는 순서를 정해주고 다시 말을 시켜야 했다.

　그들은 모두 자신과 관련된 살인 사건의 소문에 쫓겨 그곳으로 숨어들었다고 말했다. 사라진 시체야말로 자신의 알리바이를 설명하는 데 가장 치명적인 약점이었다. 핫산 씨는 자신의 종교가 산 자와 죽은 자를 나누지 않을 뿐만 아니라 살인자까지 모두 피해자로 여기고 보호해준다고 설파했다. 다만 죄를 용서받는 방법은 노동뿐이어서, 마치 힌두교도들이 저거노트를 돌리듯, 재봉틀을 쉼 없이 돌려야 한다는 것이다. 세 끼의 식사와 잠자리가 제공됐을 뿐, 뱃사람들의 월급 통장은 핫산 씨가 관리했다. – 그는 고리대금과 거짓말을 금하고 있는 이슬람의 교리를 들먹이며 그들을 안심시켰다. – 자신의 전 재산을 팔레스타인에 학교와 병원을 세우는 데 사용할 것이라고 공언했지만, 그가 최고급 외제 차에 젊은 여자를 태우고 호텔 주차장으로 들어가는 것을 보았다는 뱃사람도 있었다.

　차례대로 고백을 끝내자 마치 체증이 사라진 것처럼 뱃사람들의 푸른색 피부가 일제히 희거나 붉거나 검거나 노랗게 변했다. 그러더니 그들은 이빨로 서로의 동맥과 아킬

레스건을 물어서 끊어주었다. 피는 거의 바닥에 튀지 않았다. 가지런히 갑판 위에 누워 있는 자들의 몸에서 태어난 나방들이 일제히 허공으로 날아올랐다. 너무 밝아 H와 J는 반사적으로 눈을 감았으나 세상은 조금도 어두워지지 않았다. 소멸의 징후인지 탄생의 전조인지 구분할 수 없는 시간이 오랫동안 지속됐다. 마침내 문이 열리는 소리가 들려왔고 H는 면도칼을 다시 움켜쥐었다.

더 이상의 살인은 절대 안 돼. 흑인에게도 인내와 자비가 있다는 사실을 증명해 보여야 돼. 어쩌면 그도 우리처럼 갑자기 무슬림으로 변신한 것인지도 몰라. 그러니 그의 언행은 무슬림과 아무 관련이 없을 거야. 그를 제자리로 돌려보내고 나면 우리도 곧 그렇게 되지 않을까? J는 H에게서 면도칼을 빼앗기 위해 필사적으로 팔을 휘두르며 울부짖었다. 그럴수록 더 거세지는 파문에 실려 구원은 더욱 멀어진다는 아이러니를 깨닫지 못한 채. 그러다가 J의 손끝에 파리스의 사과와도 같은 권총이 닿았다. J는 제 몸속의 공포를 없애기 위해 방아쇠를 당겼고, H는 처음으로 J가 기요틴 같은 여자일지도 모른다고 생각했다. J가 H의 오른쪽 팔뚝에 새겨준 푸른색 나방 문신도 이미 사라지고 없었다.

경찰이 멍텅구리배의 출입문을 강제로 열어젖혔을 때, 재봉틀과 선풍기와 전화벨 소리, 음식과 땀과 곰팡이 냄새, 형광등의 열기와 방바닥의 냉기는 없었다. 팔다리가 부러진 마네킹들과 옷감으로 가득 찬 방 안에 H만 혼자 남아서 푸른색 트랜지스터라디오를 듣고 있었고, 히스패닉계 미군이 이태원 술집에서 도난당했다고 신고한 권총 한 자루가 그의 바지 주머니에서 러미널 2정과 함께 발견됐다. 한때 그곳에서 의류공장을 운영했던 무슬림 남자는 자신의 인종과 신앙에 대한 차별을 견뎌내지 못하고 파산하여 반년 전에 가족을 데리고 고향 튀니지로 귀국했다고 이웃들이 설명했다.

경찰 조사 초기에 H는 자신이 흑인이기 때문에 죽은 사람 취급을 받는다고 생각했다. 그러다가 자신이 죽은 사람이기 때문에 흑인 취급을 받는다고 여겼고, 조사를 마칠 무렵에는 자신을 죽은 사람이나 흑인 어느 쪽으로 판정해도 상관없다고 선언했다. 관성이 지배하는 세계에서 폭력이 논리적으로 집행된 적은 단 한 차례도 없었기 때문이다.

청소년 범죄심리학자인 최순용 박사는, 아메리카 의사

협회가 매달 발행하는 학술지의 논문을 인용하여, 흑인의 범죄와 비극은 모두 사회의 책임이라고 주장했다. 그리고 H의 일기와 자신의 상담 기록 일체를 법원에 참고 자료로 제출했다. 어려서부터 부모에게 학대받아온 청소년에겐 자신을 흑인이나 그림자, 심지어 죽은 자와 동일시하는 자기방어기재가 나타날 수 있다. 자기 파괴의 성향이 강화된 아이는 흑인이 되고, 자기 연민에 몰두하여 타인을 경계하는 아이는 죽은 자로 변신하며, 두 성향이 절반쯤 섞인 아이는 자신을 그림자로 여긴단다. 그러면서 최초 H를 흑인으로 진단한 의사 - 대학병원 수련의 과정을 마치고 최근 성형외과를 개업한 - 를 범죄교사자로 지목했다.

그러나 판사는 변호인의 자료를 건성으로 넘긴 다음 H에게 살인미수죄를 적용하여 징역 5년 형을 선고했다. H는 판사가 인종 차별주의자이거나, 이슬람 혐오주의자이거나 아메리카 추종자라고 단정했다. 어쩌면 그 판사는 죄를 짓고 죽은 자들은 반드시 흑인이나 무슬림으로 다시 태어나 죗값을 치르게 된다고 믿는지도 모르겠다. H는 입술을 빨거나 눈물을 훔치는 대신 수음을 시도하다가 법정경찰들에게 제지당했다.

미스 바하마와의 면회가 무산되자, H는 상담을 그만두겠다고 최순용 박사에게 통보했다. 박사는 H의 과대망상 증세가 모두 러미널에서 비롯됐으니 항우울제 알약을 반 년 동안 성실하게 복용한다면 황색인에 무신론자로 되돌아갈 수 있다고 그를 어르고 달랬다. 하지만 흑인과 무슬림으로서 이미 1.상처와 2.부조리와 3.유대감과 4.용기와 5.육체와 6.진혼과 7.목적과 8.문신과 9.여자와 10.환각을 모두 경험한 이상, 설령 피부색과 종교가 바뀐다고 한들 H는 여전히 흑인이자 무슬림으로 살아갈 수밖에 없을 것이라고 확신했다. 흑인이나 무슬림이라는 단어는 자신의 정체성을 밝히기 위해 사용되는 게 아니라, 타인이 자신의 혐오와 차별의식을 은닉하려 할 때에만 동원되기 때문에, 타인이 바뀌지 않는 한 자신이 바꿀 수 있는 것은 거의 없다. 그악스런 태도로 일관하는 최 박사에게 H는 차라리 천천히 시력과 청력을 없앨 수 있는 알약을 처방해 달라고 부탁했다가 퇴짜를 맞았다.

밤의 배설물처럼 세상으로 굴러떨어진 새끼들이 가장 먼저 본 것을 평생 어머니라고 여기고 따르는 행동을 각인이라고 했던가. 하지만 끝내 어머니를 만나지 못하고 허기져 잠든 것들에겐 무엇이 각인됐을까. 혹시 그 헛헛함과 공포심이 인류 역사의 처음과 끝에서 흑인을 등장시키는 건 아닐까. 단 한순간이라도 흑인이나 무슬림으로 살아 본 자는 결코 진화의 논리를 이해할 수 없고, 미스 바하마와 J 마저 사라진 이상, H는 결코 아프리카나 아메리카 어느 쪽에도 도달하지 못한 채 사랑과 죽음 사이에 평생 갇혀 지낼 것이다.

청색 수의를 입으면서 H는 적어도 감옥에서만큼은 흑인보다 더 존경받는 인종이 없을 것이라고 기대했다. 실제로 그와 같은 방을 사용하게 된 수감자들의 표정엔 두려움과 존경심이 점멸했다. 그러던 어느 날 샤워와 채식과 꿈 없는 잠이 H의 동거인들마저 흑인으로 변신시키고 말았으니, 인류 역사의 처음이자 마지막에 이른 자들 사이에선 더 이상 차별과 폭력은 없고 이해와 조화만이 지속됐다. 그래서 H는 동료들과 함께 하루 다섯 번씩 메카를 향해 무릎을 꿇고 앉아 인샬라, 알라가 뜻하는 대로, 알라 외에 다른 신이 없음을 맹세했는데, 이 광경을 목격한 교도소장은 흑인과 무슬림이 전염병에서 태어난다고 간주하고 코흐트 격리(Cohort Isolation)를 지시했다.

이방의 문장

노지영

문학평론가

1.

척력이 지배하는 세계다. 감염병 이후, 서로를 밀어내는 거리는 가시화되고, 각자도생의 논리는 더욱 정당화되었다. 공동체로서의 보편 윤리가 망실되고, 전 인류적 지상권 투쟁의 역사는 노골화되었다. 연민의 문턱은 높아지고, 배제와 혐오의 감각이 생존 논리의 핏줄 속에서 들끓는다. 문명 속에 내재된 반문명적인 공포들이 흑암의 유체가 되어 세계를 떠돈다.

완료 가능한 하나의 사건이 아니다. 나날이 연속해서 닥쳐오는 사태다. 이 사태를 기성의 합리적 질서 속에서 재현하는 것은 온당한가. 자기 완결적 서사로 봉합하는 것은 가능한가. 봉합을 뚫고 나오는 균열들을 직시하는 길은 무엇인가.

김솔은 작품을 통해 그러한 질문들을 가장 적극적으로 해온 소설가다. 익숙한 소설 작법이 추스르지 못한 외부를 날카롭게 바라보는 작가다. 그는 한 인간의 내면을 밀착해서 서사화하는 일에 골몰할수록 그 실체가 더욱 미궁에 빠지는 것을 우려한다. 그리하여 대상에 밀착하여 묘사한 세계가 특정한 관점으로 귀속되는 것을 거부하는 서사 전술을 편다.

그간 여러 평자들은 김솔이 시도하는 서사적 전술의 매력에 주목해왔지만, 그가 조립해온 서사의 다양한 장치는 관습적 독서에 익숙한 독자들에게는 독해의 장벽으로 기능하기도 하였다. 등장인물의 내면에 이입할 장치들을 친절하게 마련해주지 않는 그의 소설은, 세간의 킬링 콘텐츠가 부여하는 완결적 쾌감과는 거리를 둔다. 신속한 가독성이 중시되는 세태 속에서도, 그의 소설은 독서 행위에 채무감을 부여하는 방식으로 독자들에게 더 자세히 읽어달라고 호소한다. 심지어 전문독자군이라 할 수 있는 평자들조차, 그의 소설은 "적어도 세 번 이상 반복해야 읽는 묘미를 제대로 느낄 수 있는 소설"[1]이라 고백할 정도이다. 그의 소설을 비교적 친절하게 소개하고 있는 단행본 말미의 해설들에서도, 특정 독법으로만 소설을 읽어온 방식에 대한 성찰들을 어렵지 않게 만나볼 수 있다. 독자들은 최종

---

1) 조연정, 「김솔이 쓴 김솔」, 《문학과사회》, 2015.5, p.396.

적 의미에 쉽사리 합의하던 독서습관을 내려놓고, 그의 소설을 읽으며, 미처 지각되지 못한 것들이 다가오는 목소리를 기다리게 된다. 그리하여 김솔의 소설을 읽는 경험은, 그간의 인습적 독서행위를 고백하면서, 단견할 수 없는 세상을 여러 차례에 걸쳐 발견하는 독서 체험으로 이어진다.

김솔의 최근작을 읽으며 이러한 독서체험을 거듭하게 된다. 선형적 독서 속에서 핵심 줄거리를 요약하거나, 개성적인 등장인물을 통해 소설적 특징을 단정하려는 시도는 그의 소설을 이해하는 온전한 독법이 아니다. 한 인터뷰에서 작가 스스로가 밝히고 있듯이 그의 소설은 한 인간의 내면을 탐색하기보다는 '조감도'로 세상을 바라보는 방식을 취하고 있기 때문이다.[2] 한 인간 자체의 내면 묘사에 몰두하는 방식이 오히려 길을 잃어버리는 위험을 경계하면서, 그는 특정 상황 속에 투입된 인간이 어떤 행위로 서사를 열어가는가를 멀리서 조감하여 인간의 다면성을 조명해나간다. 주요 인물의 심리적 관통선에 정서적인 편향을 보이지 않도록, 김솔의 소설에는 몰개성화된 인물들과 이국적 공간이 출몰하기도 한다.

독자들은 고독할지도 모른다. 무수한 고전서사의 코드들은 물론 사회문화적 참조점과 다발적으로 접속하는 서

2) 김솔, 「회사에서는 나쁜 사람이 집에서는 좋은 아빠일 수 있죠」, 〈채널예스〉 인터뷰, 2018.3.19.

사적 재료들을 통해 일관된 작가의 의도를 읽어내는 시도는 보류된다. 답변을 흡인해야 하는 지점에서 불확정적 세계를 개방하면서 겹의 질문을 던져대는 기이한 문답법의 세계가 펼쳐지기 때문이다. 단락 구분이 없이, 한 문장에서 연쇄되는 엄청난 사태들을 하나의 '막(幕)' 속에서 쏟아버리는 서술 형식은 독자들의 독서행위를 더욱 고독하게 만든다. 아말감으로 뭉쳐진 듯한 이야기의 덩어리를 홀로 오롯이 감당하다가, 작가가 호흡하는 행간쯤에서 고독하게 숨을 고르는 독자들을 보라. 글의 형식이 마치 그의 소설 제목을 예시하는 것 같지 않은가. 서사적 장치를 통해 조감의 거리를 확보하며, 질문의 공간을 개방하는 그의 소설을 독자들은 '고독한 순환을 즐기는 검은 유체'가 되어 떠돌고 있는 것이다. 심지어 '사랑'이라는 주제를 이야기할 때조차 독자들의 정서적 이입을 거부하는 방식은 고수된다.

2.

「당장 사랑을 멈춰주세요, 제발」이라는 소설은 '태어나지 않을 권리'를 주장하며 태어난 루시라는 장애인의 3대에 걸친 가족사를 보여주는 소설이다. 부모에게서 '벨라증후군'이라는 유전병을 물려받은 루시는 '확률의 희망'과 '신의 뜻' 사이를 갈팡질팡하면서 출산을 거듭하고, 자식

세대가 지역사회에서 안정적으로 뿌리내리는 방법에 골몰한다. 그 과정에서 마을 공동체와의 반복적인 갈등으로 인해, 거처 지키기에 실패한 루시는 결국 가족과 함께 마을을 떠나게 된다는 이야기이다.

소설의 제목만 보면, 간절함의 정서가 가득한 소설로 오인하기 쉽다. '당장'이라는 말 자체가 일이 일어난 직후의 그 자리에서의 수행성을 요청하는 명사이고, '멈춰주시'라는 애원조의 부탁에, 간곡한 소망을 담아 '제발'이라는 부사를 덧붙인 형태의 제목으로 시작하고 있기 때문이다. 게다가 제목에서부터 등장하는 '사랑'이라는 단어 자체가 독자들의 정서적인 이입을 가능하게 하는 가장 보편적인 성격의 주제 아니던가. 일반적으로 사랑이라는 것은 대상과의 강한 애착관계를 동반하므로, 인간을 정동의 끝장으로 몰아넣고, 취약한 인간의 내면에 이입하게 만든다. 그러나 이 소설에서는 제목에서 분출된 노골적인 파토스와 대비되도록 시종일관 냉랭한 문체로 루시 가족의 일대기를 다룬다. 루시라는 한 인간의 내면과 무관하게 흘러가는 비정한 사회관계적 시스템이 여기에 있다는 걸 보여주겠다는 듯이, 최대한 건조한 어조로 이야기가 전개된다.

타고난 운명에 저항하며 자율적 선택을 통해 주체성을 찾아나가는 서사는 고대의 신화에서부터 오늘날의 서사에까지 다양한 방식으로 변주되어 효력을 발휘하는 매력적인 얼개다. 루시의 가족력인 벨라 증후군은 루시가 선택한 것이 아니라 선천적 불운인 것인데, 루시의 어머니는 이러한 불운과 절연하기 위해서 최초의 선택을 한다. 절멸과 출산 사이에서 절멸을 결심하는 것이다. 그러나 한 인간의 결심은 인간의 나약함과 주변의 관계 속에서 방해된다. 그리고 그 선택을 첫 번째로 좌절시키는 것은 바로 사랑하는 대상이다.

서구의 근대 사회에서 낭만적 사랑이라는 관념은 주체의 탄생과 연결되어 있다. 이전의 정략적 사랑과는 달리 개인의 자유로운 선택에 의해서 사랑이 시작된다고 보기 때문이다. 그러나 당사자 중심으로 재편된 자율적인 세계가 탄생하기는커녕 이 소설에서의 사랑이라는 것은 인간을 불가피한 불운의 연쇄로 몰아넣는다. 사랑에 빠지는 최초의 행위는 최초의 이성적 선택을 무너뜨리는 데 공헌할 뿐이다. 사랑하는 대상에게 최선을 다하지만, 결혼식에서의 언약을 깨뜨리면서 파국이 시작되었다. 루시는 태어났고, 비정상의 운명도 시작되었다.

언약 파기가 저주로 이어지는 서사 속에 자기를 위치시키길 거부하며, 루시는 법정에서 '태어나지 않을 권리'를 주장했다. 인정되지 않았던 권리를 새롭게 주장하며, 법정 소송에서 승리했기 때문에, 루시라는 이름은 지면 위에 기록될 수 있는 것일지 모른다. 루시는 이 소설에서 유일하게 이름으로 명명되는 인물이기도 하다.

그 외의 등장인물들은 고유한 이름 없이 모두 상대와

의 관계를 통해 명명되고 있다. 아버지, 어머니, 남편, 아이, 소년, 소녀, 이웃 등이 그러하다. 그 외의 인물들도 목사나 의사와 같은 역할처럼, 관계적 기능을 통해 명명된다. 이 소설에서는 심지어 주인공이 속한 국가마저도 이웃 국가와의 관계를 통해 일부의 정체를 드러낼 뿐이다. 이들이 사는 국가는 프랑스와 적대적인 관계를 유지하고, 아시아에서 인적 자원을 공급받는 걸 자연스럽게 생각하는 이민자들로부터 건립된 국가다. 이 소설은 실체가 자세히 묘사되지 않는 익명의 등장인물들이 이국적이고 무국적적인 비식별장소(anonymotopia)에서 어떤 행위를 하게 되는가를 드러냄으로써, 인물이 접속하는 관계와 인물이 처한 상황 자체를 집중해서 읽어나가게 하는 구성을 취한다.

그러한 관계 속에 입력된 루시라는 인물은 처음에는 스스로를 유폐하는 방식으로 공동체 내에 존재하려 한다. 태어나지 않을 권리를 공론화하여 자신의 비정상성을 통해 생존할 조건을 마련한 루시는 자신의 한계와 제약성을 내면화하여야 공동체 내에 거주 가능하다. 세계는 무조건적 환대가 불가능한 공간이다. 최초의 대상 경험을 하게 되는 부모에게도 환대받지 못한 채 '절규'와 '탄식' 속에서 태어난 주인공이었기에, 루시의 신체는 자기 스스로에게도 환대되지 못한다. 루시는 비정상인이라는 정체성을 수납하며 세계가 조건부로 허락한 집 안에서 자체 격리를 통해 생을 유지하고자 한다.

하지만 인간의 생이란 데리다의 말처럼 알 수 없는 '익명의 도착자(Arrivant)'들이 침범하는 세계다. 격리시설과도 같았던 루시의 집에 예기치 않게 말벌이 침범하고, 그 말벌 퇴치를 도왔던 한 남자에게 처음으로 환대의 문을 열어 주는 사랑의 사건이 발생한 것이다. 경제적으로 취약한 한 남성과 신체적으로 취약한 한 여성이 서로를 환대하면서 에로스로 결합하고, 이러한 결합 사건은 그들이 속한 사회 내에서도 일시적으로 환대받는다. 상호 간의 결핍을 충족하는 이성애적 결합 서사는 공동체의 통합을 촉진하기에 적합한 표상이 되기 때문이다. 순수한 사랑이라는 숭고한 서사로 상승될 수 있을 때, 이들 부부의 관계는 사회적으로 긍정된다. 그것이 아니라면, 아예 정상 범주 아래로 하강한 대상이 되어 공동체 내에 존재하여야 한다. 이웃들은 태어나지 않을 권리를 주장하며 살아갈 조건을 얻은 이를 관용적으로 연민할 수 있을 때, 즉 그러한 우월적이고 시혜적인 위치 속에서 타자가 나와 연관이 없는 대상으로 존재할 때에야 이들을 환대할 수 있다.

정확하게 말하자면 이 소설에서의 이웃들의 태도는 환대(hospitality)가 아니라 초대(invitation)에 가깝다. 이는 자신들이 허용할 수 있는 상대적 조건 속에서, 자신들의 질서 유지에 도움이 되는 존재, 즉 자신들을 불편하게 하지 않는 이에게만 임시방문권을 허가하는 태도이기 때문이다. 그래서 하나의 권리를 주장하며 공적 인간으로 표상되던 루시가 마을 공동체 내에서 사적 인간(private others)으로서 근접해올 때, 이웃들의 '절대적 환대'는 불가능해진다. 예외적으로 루시의 '현관문'을 넘어오는 사랑의 대상도 있었지만, 루시는 일반적인 이웃들의 그어둔 문지방의 경계를 넘지 못한다. 정주의 기득권을 가진 이웃들은 근친교배의 감수성을 가지고 있다. 낯선 비정상의 존재가 자신의 친밀한 공간을 오염시킬지 모른다는 공포에 휩싸여 있는 것이다. 이질적인 존재가 예측할 수 없는 방식으로 다가오는 일은 이웃들에게 자신의 안정성을 자극하고 오염시키는 과정으로 인식된다.

이 소설에서 환대할 수 없는 이에 대한 공포는 접촉에 대한 두려움 속에서 배가된다. 이 소설에서 '벨라 증후군'이란 유전병이 인물 간의 상호작용과 접촉적 감각 속에서만 문제시되는 병으로 묘사된다는 점은 시사하는 바가 크다. 납득할 수 있는 의료적 개념이나 고유한 특성으로 설명되지 않는 벨라 증후군은 비정상자로 분류된 자를 환대하지 못하는 시대를 우의적으로 드러내는 장치로 기능한다. 이웃끼리 '얼굴을 마주하는(face-to-face)' 관계 맺음의 순간, 상대가 찡그리고 거부하는 정동적 반응들을 통해 독자들은 그 병증의 비정상성의 정도와 윤리성의 태도를 체감할 수 있다.

특정한 손상이 타자를 환대하지 못하는 관계성 속에서 부각될 때, 그러한 신체적 유한성을 극복하기 위해 루시 부부는 출산을 시도한다. 태어나지 않을 권리를 법정에서 인정받아 생존하게 되었지만, 다시 태어날 권리와 인간답게 살 권리를 주장해야 하는 모순 속에서 루시 부부는 출산과 입양의 모든 가능성을 동원하여 정주할 만한 집의 조건을 모색한다. 최초의 재판 이후, 집에 거주하기 위한 루시 부부의 삶 자체는 기나긴 법정극의 연장이 되었다. 이들은 자신의 유한성을 씻어낼 수 있는지도 모를 출산을 통해 한집안에 세습되어온 비극과 절연하겠다 선언하며, 여전히 사회에 만연한 우생주의(eugenicism)적 시선을 소송에 부친다. 부적자(不適者), 비정상이라 간주되는 존재들을 밀어내는 사회적 성원권이 어디로 향하고 있는지를 질문하며, 거주자로서 누려야 할 진정한 교제의 권리를 공론화하는 것이다.

자신이 시혜할 수 있는 범주보다 더 큰 범위의 권리를 약자가 주장하는 것은 불편한 일이다. 부적자가 저항적 주체화를 시도할수록 적자(適者)들의 관용은 혐오로 대체된다. 이런 지배적 시선에 저항하고 억압당하면서, 이들 사이의 긴장도가 증폭되어갈 때, 루시 가족의 '정주 서사'는 가족 수난사가 된다. 스스로의 범주적 조건에 갇혀 환대하지 못하는 이들로 인해, 루시 일가의 사랑은 끝내 한 가족의 이주사가 되었다. 온전한 정착지로 들어서는 새로운 문지방을 만드는 데 실패한 채, 루시의 가족은 마을을 떠난다.

'출산하거나 혹은 입양하거나' 하면서 사랑을 지속해도 자기 보존의 정착지를 찾는 것이 쉽지 않은 시대다. 그러한 단종의 감각을 마주하면서도 집 앞 정원에 한 그루의 사과나무를 심는 것은 낭만적 신화 속에서나 가능한 일이다. 그것을 가꾸고 뿌리내리게 하며, 재생산의 기능을 유지하게 하는 일은 더욱 어려워지고 있다. 삶의 용도는 타의에 의해 언제든 변경되고, 그리하여 비틀즈의 〈Lucy in the sky with diamonds〉라는 노래 정도가 불모지가 되어가는 사과나무 근처를 대신하여 떠돌고 있지 않은가. 사건의 당사자는 현장을 떠나고, 인접해 있던 노래들만 남아서 그 '잔여'마저도 조롱되고 있는 현실이다.

그러나 환유적으로 떠도는 이러한 노래들도 모두 우리 삶의 흔적이라 할 것이다. 빈 공간을 떠돌던 노래들은 맥락 없이 퍼져 나가다가 언젠가는 억압되어왔던 질문들을 다시 불러오기도 한다. 노래의 기원을 궁금해할 어느 고독한 사람의 문턱에까지 그 선율이 넘어오면서 말이다. 누군가는 이웃의 문지방을 넘으며, 낯선 질문을 던지기 시작하는 '루시'라는 이방인을 더 세밀하게 상상해 볼지도 모를 일이다. 미래에 발생할 이야기는 아직 거기에 있다.

3.

서로를 환대할 수 없는 세계 속에서, '만유 척력의 법칙'이 작동하는 것일까. 서로에게 이방인이 되어 거리를 갖는 것은 혐오의 시대가 다다른 불가피한 운명이다. 김솔의 다른 소설 「고독한 순환을 즐기는 검은 유체」에도 이러한 척력의 작용들이 잘 드러나 있다.

제국주의의 물결과 전 지구적 자본주의의 체제 속에서 세계 내 존재들은 밀고 밀려나며 끊임없이 낯선 세계로 이동 중이다. 정복적 이득과 생존적 이득의 상호작용을 통해 전 세계인들은 고독한 유체가 되어 세계화된 지구를 순환하는 운명에 처해 있다. 이 중엔 인류의 시초이자 아메리카의 원주민이었기에 유난히 넓은 이동폭을 보이며, 척력의 힘을 민감하게 지각해온 인종이 있다. 차별과 환대의 감수성을 두고 격렬히 싸워온 흑인이란 종족은 그리하여 유색인종들의 고난을 대표해왔다. 작가가 서술했듯이 "단 한 명의 흑인도 숨어들지 않은 가계도"는 지구상에 없을 것이다. 마르케스의 소설에 등장하는 마콘도 마을의 '오렌지'같이, 지구는 둥글기 때문이다.

그러나 김솔이 그리는 이방인의 모습들은 특정 인종의 집단적인 정체성으로만 묘사되지 않는다. 상대적이고 조건부적인 환대 시스템 속에서 타인에 대한 태도는 분화될 수밖에 없다. 능력주의의 이상 속에서 적극적인 환대를 받는 흑인이 있고, 세계화의 하인들로 열등하게 취급받는 흑인집단이 있다. 이들 흑인은 주류 문화의 투사 속에서 동물적이고 야만적인 모습으로 재현되기도 하고, 신비화되고 대상화되어 나타나기도 하며, 때로 결핍된 타자들로 묘사되기도 한다. 소설에서는 타자의 시선과 통념 속에서 '흑인'과 '진정한 흑인'이 구분되며, 순혈한 인종의 본질적인 특징은 해체되어 있다.

소설에 등장하는 한국의 '이태원'이란 공간도 그런 이방인들의 본질적인 구분이 해체된 장소로 등장한다. 작가의 여느 소설과 다를 바 없이, 이러한 장소들은 실제적이고 물리적인 참조점을 보여주기보다는, 다양한 정체성을 가진 인종들이 흘러들어온 일종의 정박지로 기능한다. 이곳에는 황인종, 히스패닉, 무슬림이 함께하고, 'H'와 'J'같이 익명의 이니셜로 표현된 인물들이 횡행한다. 같은 인종임에도 인종적 집단성으로 묶어낼 수 없는 차이들을 가진 이들이 이 무국적인 공간을 떠돈다. 미군들과 흑인 갱스터, 마약 운반책, 나이트클럽 디제이, 회사원, 농구선수, 색소포니스트, 국제변호사, 여대생 등 흑인 내에서도 인종적 집단성으로 환원할 수 없는 다양한 정체성들이 흑인이란 인종 사이에서 교차하고 있는 것이다. 물론 범죄에 연루되거나 '핫산'과 같은 악덕업자에게 휘말려 점점 더 노동의 사각지대로 밀려가는 이방인들도 여전하다.

작가는 여전히 '최외곽 궤도'를 고독하게 순환하는 이방인 중의 이방인들을 놓치지 않는다. 한때 태양계의 질서 속에 통합된 명왕성이었지만, 이제는 '134340'이라는 명칭으로 추방된 왜소행성 같은 존재들, 감옥과 같은 수용소에서 고유의 이름을 망각한 채 수형번호로 명명되고 있는 존재들을 허구의 장 안에 소환하는 것이다. 특정 기준을 충족하지 못한 채 고독하게 궤도를 돌고 있는 존재들은 정작 자세히 들여다보지 않으면 포착조차 불가능한데도 말이다.

> 모든 흑인이 작가가 되는 건 아니지만 작가는 모두 흑인일 수밖에 없다. 그는 자신이 태어난 문장을 찾으려고 끊임없이 시도하되, 방금 찾아낸 문장을 즉시 폐기해야 하며, 반복되는 실패를 숨기려 하거나 미화하지 않는다. 무거운 문장일수록 더 빨리 추락하는 것은 아니지만, 진실에 더 가까운 것이 더 선명한 자국을 바닥에 남긴다는 사실을 인정한다.[3]

세상이 암흑이 되어갈수록 검은 유체를 포착하는 시력은 어두워질 것이 분명하다. 그러나 김솔의 작품엔 이러한 노래의 흔적과 추락의 자국들이 점점 더 선명해져 가고 있는 듯하다. 한때 이름을 가진 적 있으나, 이제는 가장자리로 밀려나 이름조차 박탈당한 익명의 도착자들을 향해 작가는 적극적으로 접촉을 시도한다. 이를 통해 '검은 유체들'이 태어난 관계 맥락들이 떠오르고, 불가해한 이방인의 세계가 개시된다. 부적자와의 거리와 척력의 긴장

---

3) 김솔, 「작가의 말」, 『보편적 정신』, 민음사, 2017, p.163.

속에서 새로운 문장은 탄생하고, 의미의 가계도도 낯설게 펼쳐진다.

　김솔은 아직 탄생되지 않은 것들 속에서 유대감의 탯줄을 감각해내는 작가이다. 그것은 오늘의 '고독'에 집중할 때야 감지되는 먼 미래로부터의 산통(産痛)과도 같다. 실패해도 멈출 수 없는 사랑이 있을진대, 이방의 문장이 태어나는 일들도 또 그러하다.

사랑에 대한 이야기를 하려고 작정하고 길을 나섰다. 하지만 어느 쪽으로 얼마나 걸어야 하는지 가늠할 수 없었다. 걸어갈수록 목적지에서 빗나가고 있다는 열패감만이 분명해졌다. 돌아갈 길도 기억할 수 없어서 결국 자리에 주저앉았다. 누군가를 하염없이 기다리는 동안에도 사랑에 대한 이야기를 떠올렸으나 너무 밋밋하거나 너무 낡은 것들뿐이었다. 간신히 제자리로 돌아온 뒤에야 실패의 증거를 발견했다. U2는 이미 2018년부터 〈Love is bigger than anything in its way〉라는 노래를 부르고 있었다. 〈사랑은 그 어떤 것보다 더 큰 거야〉라고 번역하려 했더니, 스베틀라나 알렉시예비치는 자신의 책 『전쟁은 여자의 얼굴을 하지 않는다』에서 이렇게 반박했다. "만약 작은 것이나 큰 것이나 똑같이 무한하다면, 어떻게 작은 것을 작다고 하고 큰 것을 크다고 할 수 있을까? 나는 이미 오래전부터 그 둘을 구별짓지 않는다. 한 사람으로 벅차다. 한 사람 안에 모든 것이 있으므로. 그 안에서 길을 잃고 헤맬 만큼."(p.272, 박은정 옮김, 문학동네, 2015) 그래서 'bigger'라는 단어를 '무한하다' 또는 '유일하다'로 바꾸어 해석했더니, 왜 사랑에 대한 이야기를 하려고 할 때마다 길을 잃는지 어렴풋이 이해할 수 있게 되었다. 당신들에게 이 책의 독서를 권하는 게 도리인지 모르겠다. 출입구 대신 함정을 더한 기분이다.

2021.7.8. 김솔

경驚.기記.문文.학學 44

당장 사랑을 멈춰주세요, 제발

김솔 소설집

초판 1쇄 발행 2021년 8월 10일

지은이   김솔
펴낸이   김태형
펴낸곳   청색종이
등록   2015년 4월 23일 제374-2015-000043호
주소   서울시 영등포구 문래동2가 14-15
전화   010-4327-3810
팩스   02-6280-5813
이메일   theotherk@gmail.com

ⓒ 김솔, 2021

ISBN 979-11-89176-63-1   03810

값 6,800원